「シンツ！」
サムライ少女カレンは、
鞘から刀を抜き放ちながらの
一閃を繰り出す。
鞘の内側で刃を滑らせたからか、
目にも留まらぬ速さの斬撃だ。

アンジェ

生まれた直後に捨てられたけど、前世が大賢者だったので余裕で生きてます

Since my previous life was a wise man, I can afford to live

Shichio Kuzu × Tetsuhiro Nabeshima

〈5〉

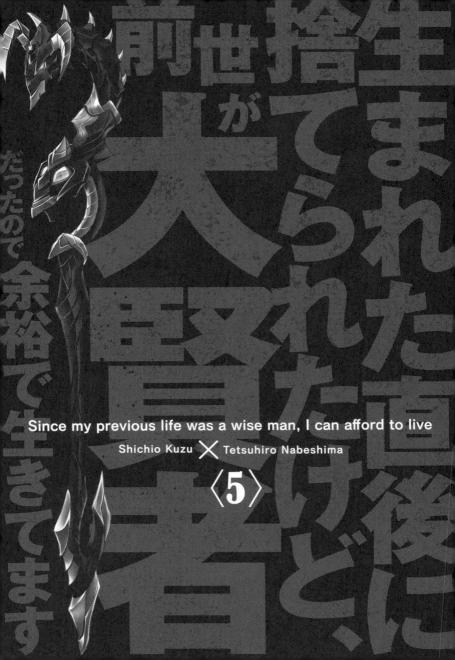

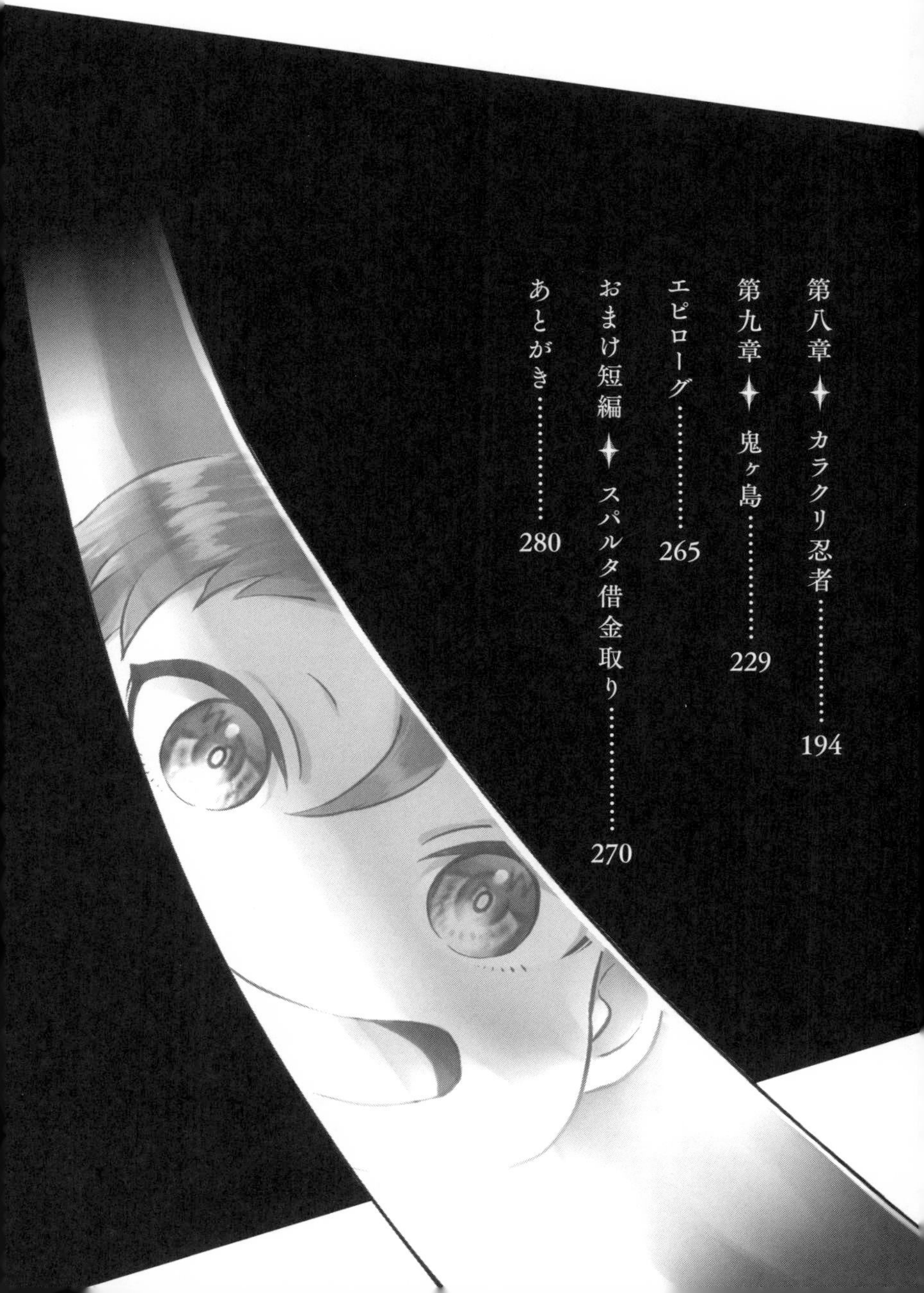

Since my previous life was a wise man,
I can afford to live

characters

ファナ

無口で無表情な女冒険者。割と変わった性格で偶然拾ったレウスの力を素直に受け入れ、「師匠」と呼ぶようになる。

アンジェ

ファナをライバル視するアマゾネスの冒険者。同じBランクで、ファナを出し抜きたくてたまらない。お胸がとても大きい。

レウス

大賢者アリストテレウスの生まれ変わった姿。名門ブレイゼル家に生まれるも、魔力測定器の設計ミスで才能なし、と誤判定され捨てられてしまう。リントヴルムや狼かーちゃんのおかげで生き延び、ファナに拾ってもらう。

フェンリル（リル）

レウスに手懐けられた、神話級の魔物フェンリルが人化した姿。

メルテラ

前世のレウスの一番弟子。肉体を若返りさせる魔法を使い赤子の姿になる。

リントヴルム

レウスが前世から愛用している最強の聖竜杖。先端には竜の頭部を模した意匠が施されている。常に冷静沈着。

バハムート

レウスのもう一本の愛杖―闇竜杖。めちゃくちゃ感情的かつヤンデレ気質。

オリオン

アルセラル帝国の第七皇子。勇者の子孫にして武闘大会の前回覇者。

エレオーネ

女性しか国民になることができないエンバラ王国の女王。褐色肌の巨乳。

徳山家隆

エドウ国を治める徳山家の第三十六代将軍。表に顔を出しておらず、その姿は家臣たちのごく一部の者しか知らない。

カレン

武者修行のために都会に出てきたサムライ少女。プライドは高いが、少々お馬鹿な一面がある。

【これまでのあらすじ】

大賢者アリストテレウスは死の間際に転生の大魔法を使い、
レウスとして名家ブレイゼル家に生まれる。
しかし測定器の設計ミスで魔力値が低いと勘違いされ捨てられてしまう。
愛杖リントヴルムや狼かーちゃんのおかげでピンチを切り抜け、
生後2ヶ月程度の見た目まで成長したレウスは、
規格外の力を放ち異例のBランクから冒険者ライフをスタート。
魔力回路の治療をきっかけに、
ファナとアンジェの二人も弟子のような形で冒険を共にしていく。
さらには、魔境の森で暴れる神話級の魔物のフェンリルを正気に戻し、
リルと名付け仲間に加えるのだった。
水着回を求め次なる目的地の海へ向かったレウスは、メルテラと再会する。
前世でレウスの一番弟子だった彼女は、

禁忌指定物を盗んだ犯人の動きを阻止すべく、赤子になっていた。
その後メルテラが拠点にしているアルセラル帝国で、勇者祭に参加することになったファナとアンジェ。
ファナが勇者オリオンと戦闘を繰り広げる最中、
突如リング上に禁忌指定の一つである魔の渦旋が発生する。
レウスやメルテラの力を合わせ、すべて消滅させることに成功するも、
都市全体がダンジョンに呑み込まれてしまう。
事態を収束させるため、レウスはダンジョン最下層へ潜り無事に攻略。
一方、レウスと別行動を取っていたメルテラは、
禁忌指定物を盗んだ犯人が魔法都市エンデルゼンにいることを突き止める。
エンデルゼンの都市中心部に聳え立つ塔に向かうと、
そこにはかつてのレウスの弟子であるデオプラストスがいた。
最強最悪の魔族の心臓と融合したデオプラストスだったが、身体が乗っ取られ魔王アザゼイルが復活。
メルテラと共闘するも赤子のままでは勝ち目がないと悟ったレウスは、
一時発育急進魔法を使用し、少しの間だけ青年に成長することに。
こうして全盛期の力を取り戻したレウスは魔王討伐に成功し、平和な日常を取り戻すのであった――

プロローグ

「東方美女に抱っこされたい！」

『何ですか、藪から棒に……』

俺が心の底からの願望を口にすると、前世からの愛杖である聖竜杖リントヴルムが呆れたようにため息を吐いた。

東方。この大陸の東側一帯を指す言葉だ。

今まで俺たちが活動していた西側とは、巨大な山脈や広大な砂漠で隔たれているため、簡単には行き来ができない。

ゆえに東方にしかない独特な文化が発達していた。

「女サムライにくノ一に巫女に舞妓！　東方には素晴らしい属性がたくさんあるのだ！」

『……さいですか』

俺は前世で一度だけ東方に行ったことがある。

だが当時は西側の人間に対して非常に排他的で、しかも俺自身がすでにおっさんだったこともあり、女の子とイチャイチャすることができなかったのだ。

「だが今では西側との交流が増えてきているらしい」

先日の武闘大会には東方の剣士が出場していたし、観客席にも明らかに東方の人種と思われる人がちらほらいた。

「というわけで、東方に行こうと思うんだ」

「ん、楽しみ」

「了解した、我が主よ」

「……いや、どういうわけよ？」

前説をすっぽり抜かして結論だけを告げると、従順なファナとリルがすんなりと頷く一方、アンジェが怪訝な顔で睨んできた。

「東方では独特な剣技や武術が発展しているからね。すごく勉強になると思ってさ」

『先ほどと言ってることが全然違いますが？』

もっともらしい理由を口にすると、アンジェも納得してくれたようで、

「そういえば東方には〝カラテ〟っていう独自の格闘技があるって聞いたことがあるわ！　ぜひ一度手合わせしてみたいわね！」

もちろん移動手段は、前世の俺が作った魔導飛空艇セノグランデ号だ。

当時すでに古い型だったので金持ちに売り払った代物だが、何の因果か、この時代に再び俺のと

ころに返ってきてくれたのである。

直線距離では、東西を真っ二つに両断する大山脈を越えていくルートが一番近い。しかし生憎とこの旧式の飛空艇では、山脈の高度での飛行を想定していない。

しかも山脈の頂上付近には多数のドラゴンが棲息している。一体くらいならこの飛空艇の防衛機能でもどうにかなると思うが、群れに襲われたらさすがに厳しい。

飛空艇ですら難しいのがこの山脈越えだ。生身ならさらに困難なので、このルートで東西を行き来しようなどという者はまずいないだろう。

次に距離が短いのが、砂漠を突っ切るルート。

山脈の南部に広がっている砂漠で、今も昔もルブル砂漠と呼ばれている。

激しい寒暖差に、砂漠特有の凶悪な魔物の数々、延々と続く足場の悪い砂地……。

山脈越えは論外だが、この砂漠を横断するにしても何十日もかかってしまう。

東西の交流が制限されてきた所以である。

ただし、途中に点在しているオアシスは比較的安全なので、そこで休息を取ることも可能だ。

また、大賢者の塔に行く途中に通過した砂漠に広さでは勝るものの、危険度としてはそこまでではない。ましてや魔導飛空艇を使えば余裕の旅路だろう。

俺は今回、この砂漠ルートを選択するつもりだった。

『日中は暑いからオアシスの湖で泳ぐとすごく気持ちいいんだ。ぜひみんなで泳ぎたいね、ぐへへへへ……』

『煩悩でルート選択しないでください』

『いやいや、決してそれだけじゃないぞ』

ついでに説明すると、他に大陸の北方を通るルートと、砂漠のさらに南の海上を通るルートがあった。

北方ルートは極寒の雪道が延々と続き、下手すれば砂漠ルートよりも大変だ。

一方の海ルートは、丈夫な船さえあれば一番短時間で到着できるルートである。

ただし、嵐で船が転覆したり魔物に襲われて船が大破したりと、リスクは砂漠ルートに勝るとも劣らない。

まぁどちらも飛空艇を使うなら砂漠と大差ないのだが、単純に遠回りなので距離が長くて時間がかかってしまう。

つまり普通に考えて砂漠ルート一択なのだ！

もちろん水着回リターンズも期待しているけどな！

「ん、見えてきた」

「あれがその砂漠ね」

飛空艇で進むことしばし、遠くにそれらしき砂地が現れた。それが延々と遥か彼方まで続き、地平線を形成している。

間違いない。ルブル砂漠だ。

ちょうど太陽が真上にある時間帯で、猛烈な日差しが降り注ぎ、それが地表の砂で照り返している。

砂は熱を吸収しやすいし、砂の上を進むのは地獄だろう。

一方この飛空艇内は、空調も付いているので非常に快適だ。魔物に遭遇する心配もほとんどない。

と、そのとき飛空艇の窓から地上を覗き見ていたリルが、あることに気づいた。

「我が主よ。地上に人の群れが見える」

「人の群れ？　ほんとだ」

トカゲの魔物に跨り、砂埃を舞い上げながら砂漠を爆走する男たちの姿が見えた。

「野盗っぽい連中だ。……ん？　何かを追いかけているような……」

第一章　砂漠の王国

「ひゃはははは〜〜〜っ！」

「大人しく捕まりやがれよォ！　そうすれば少しは優しくしてやるぜェ？　ひゃはははは〜〜〜っ！」

「オレたちから逃げられるわけねぇだろォ！」

「「「ひゃっは〜〜〜〜っ！」」」


背後から響いてくる耳障りな怒号。必死に砂の上を駆け、追手から逃げているのは女性ばかりの十人ほどの集団だった。

「はぁはぁ……くっ、こんなところで捕まるわけには……っ！」

集団のリーダー、エレオーネは荒い息を吐きながら懸命に走り続ける。しかし残念ながら彼我の距離は確実に縮まってきていた。

追手は二十人を超える砂賊の集団で、巨大なトカゲに乗って砂地を素早く進んでいく。

砂漠に出没する野盗団、それが砂賊だ。彼らは砂漠に生息するトカゲの魔物、サンドリザードを飼い慣らし、移動手段として利用しているのだ。

エレオーネたちも砂漠の移動に適した特別な靴を履いているとはいえ、この魔物に跨った砂賊たちから逃げ切れるはずもなかった。

「も、もう、ダメ、です……」

仲間の一人が体力の限界に達してしまい、砂の上に倒れ込んでしまう。

もはや立ち上がることもできそうにない。

「大丈夫か……っ！」

「行ってください、エレオーネ様……っ！　私に構わず、お逃げください……っ！」

「そんなわけにはいかない！　ここまで一緒に戦ってきたお前を、見捨てることなど私にはできない！」

足を止め、仲間のもとに駆け寄るエレオーネ。

そこへついに砂賊の集団が追いついてきてしまう。

「いたぜ！　あの女で間違いねェ！　ひゃっは～～～っ！　こりゃあオレたち、大手柄だろォ！」

「なァ、あの女以外は殺してもいいみたいだけどよォ、どうする？」

「おいおい、決まってんだろォ！　せっかく若くて活きのいい女ばかりなんだからよォ？　ヤる前にヤってやるぜェエエエ！」

「「ひゃっは～～～っ！」」

卑猥な欲望を露わに、サンドリザードから次々と飛び降りる砂賊たち。

「(むしろ好都合だ……っ！　わざわざあのトカゲから降りてくれるのだからなっ！)」

エレオーネは内心で幸運に感謝した。

トカゲに騎乗した状態の砂賊を相手に戦っても勝機はないが、砂地に降りてくれればまだこちらにもチャンスがあった。

確かに相手はこちらより数が多い上に、エレオーネたちは砂漠の長距離移動で大いに疲弊している。

ただ、彼女たちは全員が熟練の戦士だった。

「がっ!?　な、何だ、こいつら、めちゃくちゃ強いぞォ!?」

「我らはエンバラが誇る女王の盾！　貴様ら賊ごときに遅れは取らぬ！」

苦戦しているのは砂賊の方だ。

女性ばかりの集団を、なかなか打ち崩すことができない。なにせ無秩序に突っ込んでいくだけの砂賊たちに対して、彼女たちは統率された動きで対応している。

しかも圧倒的に戦意が高く、それが疲労によるマイナス分を大いに補っていた。

そんな彼女たちを指揮しながら、自らも女性とは思えない苛烈な剣を振るっているのがエレオーネだ。

「女ばかりだと侮り、欲情で冷静さを欠いたのが貴様らの敗因だ！　砂漠の塵となるがいい！　はあああああっ！」

「ぐあっ……」

砂賊を一人また一人と斬り捨て、数を減らしていく。

だが元々、砂賊の数は彼女たちの二倍以上。

仲間を減らしながらも、むしろそのお陰で女の取り合いにならなくて済むとばかりに、かえって士気を高めた彼らは決して引かなかった。

ついにはその勢いにエレオーネたちが屈してしまう。

「……ここまでか……無念……」

「ひゃははは っ! 手こずらせやがってよぉ。さぁて、それじゃあお楽しみタイムと行こうぜェ!」

縄で手足を拘束され、砂の上に転がされる女性たち。

生き残った砂賊たちは下卑た笑みを浮かべながら、我先にとその上に覆い被さっていく。

「もちろん、お前さんもしっかりかわいがってやるぜェ?」

エレオーネのところにも一人の男が鼻を膨らませながら近づいてくる。

相手を射殺すような目で睨みつけるエレオーネだったが、男は嬉しそうに口の端を歪めた。

「ひひひ、その反抗的な顔、かえってそそるぜェ」

「くっ、ゲス野郎め……」

やがて男の手が、彼女の衣服を剥ぎ取ろうとした、そのときだった。

「じ〜〜」

「ん？　なんだ？」

何かの気配を感じ取ったのか、男は思わず手を止めて視線を転じた。

「……は？」

「なんか変な赤子がいるううううううううううううっ!?」

一体何を見たのだろうかと、遅れて横を向いたエレオーネは思わず叫んだ。

唖然として固まる男。

当然ながら見知らぬ赤子だ。

そもそもこんな砂漠に赤子がいるはずもないし、よく見ると空中に浮かんでもいる。

砂漠の過酷な環境下では、幻覚を見ることが少なくない。もしかしたらこの状況はすべて幻覚によるもので、本当の自分は今、死にかけているのかもしれないと、エレオーネは大いに混乱した。

「どうしたの？　早く脱がしちゃいなよ。僕の予想だと、このお姉ちゃん、間違いなくGカップ以上はあるよ。わくわく」

その赤子が砂賊の男にそんなことを喋っている。こんな赤子がいるはずないので、やはりこれは幻覚のようだと確信するエレオーネ。

一方、砂賊の男はその赤子に対して怒声を響かせた。

「ななな、何だ、お前は!?」

「あ、僕のことは気にしなくていいよ。横で見てるだけだから」

「気にするに決まってんだろ!?」

言い合う赤子と男。幻覚にしてももう少し何かあるだろうと、エレオーネは思わず苦笑してしまうのだった。

◇◇◇

トカゲの魔物に乗った集団が、女性ばかりの集団に追いつき、戦いになった。

女性集団は健闘したものの、人数差と疲労もあって、ついに力尽きてしまう。

その後はよくある流れだ。

欲情した男たちが、女性たちを凌辱しようとしたのである。

「こうしちゃいられない！　もっと近くで見ないと！　もとい、助けないと！」

俺は飛空艇を飛び出した。

最も胸の大きい女性を瞬時に見極めると、彼女のもとへと急降下する。

「あ、僕のことは気にしなくていいよ。横で見てるだけだから」

『助けるのではなかったのですか、エロクズマスター』

「た、助ける！　もちろん助けるから！　ちょっと間違っただけだから、ブレス放とうとしないで！」

俺に向かってドラゴンブレスを放とうとしてきたリントヴルムに、慌てて訴える。

唖然としていた男を魔法で昏倒させたところで、砂地にファナたちも降りてきた。

「なんだァ、こいつら？」

「ひゃっは～～っ！　女が増えたぜぶげぇっ!?」

「て、てめぇ、やる気かァ!?」

「ん、そのつもり」

「ふん、全員まとめてぶっ倒してやるわ！」

「我も力を貸そう」

それから男たちが全滅させられるまで、一分もかからなかった。

「まさか幻覚ではなかったとは……」

「僕みたいな喋る赤ちゃんは珍しいからね」

「珍しいというレベルの話ではないような……いや、何にしても貴殿らのお陰で助かった。私はエレオーネ。皆を代表して礼を言いたい」

女性たちのリーダーは、エレオーネと名乗る巨乳の女性だった。

彼女のみならず、全員が瑞々しく健康的な褐色の肌をしている。

『やっぱりおっぱいまで褐色なのかな？　ぜひ確かめてみたかった。もちろん赤子的探究心でね。

エロい気持ちはないよ？　ほんとだよ？』

『邪魔して悪かったですね。なお反省はしておりません』

詳しい話を聞いてみると、どうやら彼女たちはこの砂漠のオアシスに築かれた、エンバラという国の人間らしい。

「え？　この砂漠に国があるの？」

「うむ。かつてはこの過酷な砂漠に人が住むなど、考えられないことだったようだが、五百年ほど前にとある女傑が開拓し、街を築いたのだ。次第に人が増え、やがて一つの国となった」

さらにエレオーネが驚きの事実を口にする。

「何を隠そう、この私はその女傑、初代女王の直系の子孫……そして現在のエンバラ国女王でもある」

「お姉ちゃん、女王様なの？」

他の女性たちは、全員が女王を守護する騎士たちらしい。

それで強かったんだな。

しかし一国の女王がなぜこんなところにいるのだろうと思っていると、

「……恥ずかしながら、国から逃げてきたのだ」

かつてこの砂漠を踏破しようとすれば、過酷で厳しい旅を覚悟しなければならなかった。

もちろん今も過酷な環境であることには変わりないが、砂漠に国が誕生したことにより、休息と補給の拠点ができたのは大きい。

さらにエンバラ王国は砂漠の各地にあるオアシスに幾つもの宿場を整備し、砂漠の移動に適したラクダの飼育にも力を入れてきたという。

これによって昔とは比較にならないほど砂漠の旅路が容易くなり、東西の交流が活発に。

エンバラは両地域の貿易中継地として大いに繁栄した。

しかし貿易が活発になるにつれて、砂漠に先ほどの男たちのような野盗集団が増えたという。

彼らは砂賊と呼ばれており、各地に拠点を築いて旅人の安全を脅かしてきたそうだ。

「それでも今までは砂賊同士で争い、互いに潰し合っていたこともあり、その脅威は限定的なものだった。だが突然、奴らをまとめ上げる男が現れたのだ」

そして統率された一つの大集団となった砂賊たちが、エンバラに攻め込んできたという。

エンバラ側も懸命に抗戦したが、砂賊の勢いに押され、ついには王宮すらも制圧されてしまった。

その寸前で女王は王宮から逃走。

だが追っ手に追われ続け、ついに追い詰められたのが先ほどのことだったという。

「無論このまま逃げ続けるつもりなど毛頭ない！　必ずや奴らを打倒し、国を取り戻す！　……ただ、その間、民たちにどれほど過酷な日々を送らせることか……っ」

悔しそうに奥歯を嚙み締めるエレオーネ。

欲情した男たちが彼女たちにしようとしていたことを考えると、人々がどのような目に遭うのか想像に難くない。

「しかもエンバラは女ばかりの国……すべての民が、奴らの餌食になるやも……」

え、今なんて？

もしかしたら聞き間違いかもしれないと思い、俺は訊き返す。

「女王のお姉ちゃん、今、女ばかりの国って言った？」

「む？　ああ、その通りだ。我がエンバラ王国は、初代の方針を忠実に守り、女しか国民になることができない。街の中心部はすべて男子禁制区域だ」

「よし、力を貸そう！」

俺は力強く叫んだ。

「あんな野蛮な男たちに支配されたら、どれだけ多くの女性たちが非道な真似をされることか！　それを無視することなんて、僕にはできない！　ファナお姉ちゃんたちも協力してくれるよね⁉」

『マスター、本音は？』

『女性ばかりの国を救って、キャッキャキャウフフの体験をいっぱいした～～～い‼』

『……』

リントヴルムが汚物を見るような視線を向けてくる。

「ん、もちろん」

「腕が鳴るわね」

「我が主の願いとあらば当然」

女性陣もやる気満々だ。

『マスターと違って素晴らしい正義感ですね』

『けどほら、やらない偽善よりやる偽善っていうだろう？』

「気持ちは嬉しいが、敵は強大だ。確かに貴殿らのような強者が協力してくれるというなら、この上ないほど心強いが……すでに先ほど我々の危機を救ってもらっている。さすがにこれ以上のことは……」

俺たちの申し出に、困惑した様子のエレオーネ。

「遠慮しなくていいよ。僕たち武者修行中の身でもあるからさ。むしろちょうどいい訓練になると思う。まぁこっちが勝手に首を突っ込むんだから、万一何かあったとしても気にする必要はないよ」

「ん、師匠の言う通り」

その後、俺たちはエレオーネ一行を魔導飛空艇に案内した。

「ほ、本当に空を飛んでいる!?　こんな乗り物があるなんて……」

この砂漠を移動するのに、どう考えてもこれの方が速いからな。今は一刻を争うし。

「しかもなんと快適な室温なのか」

「お風呂もあるから、入ってきてもいいよ。汗掻いてるでしょ？」

「そんなものまで!?」

大浴場を案内してあげると、砂漠の砂と汗に塗《まみ》れた彼女たちは大いに喜んだ。

「だが、今このときも民たちが苦しんでいる。こんなときに湯船に浸かって寛ぐなど……」

「むしろこんなときだからこそでしょ？　今はしっかり身体を休めて、体力を回復させるべきだと思うよ。どのみち移動中にやれることなんてないんだからさ」

「そうか……確かに貴殿の言う通りだ。ではお言葉に甘えて、入らせてもらうとしよう」

俺の訴えに、納得してくれるエレオーネ。

「うんうん、それがいいと思うよ！　じゃあ、詳しい使い方を教えてあげるね！　まずはこの脱衣所で服を脱いで……あれ？」

「ここから先はあたしに任せておきなさい！」

実地で案内してあげようとしたら、なぜかアンジェに捕まって浴場から放り出されてしまった。

「酷い！　０歳児なら混浴しても許されるはずなのに！」

『中身１００歳超えのジジイが何か言ってますね』

すっかり汗や汚れが落ちてきれいになったエレオーネ一行は、大浴場の湯加減を絶賛してくれた。

「素晴らしい湯だった。果たして何日ぶりのことか……。最初に貴殿らを見たとき、やけに清潔なことに驚かされたが、まさかその理由が空飛ぶ船の大浴場だったとは、想像すらできなかった」

どうやらゆっくり浸かることができたようだ。褐色の肌がほんのりと火照り、明らかに顔色もよくなっている。

「食事の準備もできてるよ」

「食事まで!?」

魔導飛空艇には、これも前世の俺が作った自動調理機が存在している。

食材を放り込み、後は食べたいものを指定するだけだ。さすがにメニューはあらかじめインプットしたものしか作れないが、三十種類以上もある。

「ビュッフェ形式だよ。好きなものを適当に皿に取り分けて食べてね」

「サラダに前菜、スープ、肉料理に魚料理、それにパスタやパン、デザートまで……っ!? これだけの料理を準備するのは大変だっただろう!? というか、この短時間で作ったのか? もしかしてこの船にはシェフも乗っているのか……?」

「シェフっぽいのはいるよ。人じゃないけど」

「人じゃないシェフ!?」

「まぁ、細かいことはいいから早く食べて食べて。しっかり栄養を取るのも今のお姉ちゃんたちの大事な任務だよ」

「そうか……ではまたお言葉に甘えて」

やや遠慮がちに頷くエレオーネだったが、よっぽどお腹が空いていたのだろう、一巡目から皿に山のように料理を乗せていた。

仲間たちもそれに続く。

「「う、うまああああああああああああいっ!?」」

「団の食堂よりもずっと美味しいぞ!?」

「何なら王宮料理よりも美味しいかもしれない……っ！」

味にも満足してくれたみたいだ。

それからエレオーネたちは遠慮することなく料理を食べまくった。かなりの量を用意したはずなのに、あっという間に料理を乗せていた大皿が空になっていく。

「追加はまだまだあるから、どんどん食べてね」

「「おおおおおおおおおおおおっ!!」」

大歓声が上がる。これはまだまだたくさん食べそうだ。

やがて満腹になった彼女たちに、俺は少し仮眠を取るように勧めた。

「適当に個室のベッドを使っていいから」

お風呂に入ってお腹も満たされた彼女たちは、疲労もあって相当な眠気に襲われていたのだろう。もはや遠慮することもなく、各々個室に消えていった。

それからおよそ一時間後。

すっきりした表情でエレオーネが戻ってくる。

「お陰ですっかり身体が癒えた。何から何まで本当にすまない」

「気にしなくていいよ。それより、それらしいオアシスが見えてきたけど」

「なっ!?　もう到着したのか!?　本来なら数日はかかる距離だというのに……」

魔導飛空艇が到着したのは、とある小さなオアシスだった。

「あそこに兵たちの姿があるはずだ。……無事に辿り着いていればの話だが」

いずれ国を取り戻すための戦力が必要だと考えたエレオーネは、自身が王宮から脱出するとともに、王国軍の兵士たちに逃走の命令を出していたという。

もし無事であれば、指定したオアシスに集まるよう伝えていたそうだ。

「見た感じ、それらしき人影があるね」

そのとき警報音が鳴り響いた。

『右舷前方に危険なストームが確認されました。こちらに向かって接近してきています』

艇内そんなアナウンスが流れてくる。

「ストームって、あれのことか」

それは猛烈な砂塵を纏った竜巻だった。確かに右斜め前方から、この飛空艇に猛スピードで近づいてきている。

「こ、このままだとぶつかってしまうぞ……っ！」

「大丈夫だよ、女王のお姉ちゃん。この飛空艇はあのくらいの竜巻にやられるほど脆弱じゃないよ。ちょっと揺れるとは思うけど」

「そうではない！　あれはただの竜巻ではないんだ！」

「え？」

血相を変えたエレオーネが訴えてくる。

「あの竜巻の原因は、砂の中に潜む凶悪な魔物っ！　この砂漠の生態系の頂点に立ち、旅人たちから最も恐れられているサンドホエールだっ！」

サンドホエールは、その名の通りクジラの魔物だという。

大きさはこの魔導飛空艇にも匹敵し、普段は砂の中に潜って棲息しているとか。

性格は非常に好戦的で、しかも異常なほど食欲旺盛らしい。

同族すらも積極的に捕食対象にするほどで、それゆえこの広大な砂漠でも個体数はごくごく少数。

滅多に遭遇することはないものの、襲われたら確実に食い殺されてしまうことから、絶望の象徴として恐れられているとか。

ちなみにその鼻から噴き出される息が、砂混じりの竜巻になるようだ。

「こんなときに遭遇するなんて……っ！　砂漠の神は我らを見捨てたのか!?」

エレオーネが天を仰いで叫ぶ。

他の面々も一様に自分たちの不運を嘆いている。

「でも、砂の中にいる魔物でしょ？　こっちは空を飛んでるんだし、そんなに恐れる必要はないと思うけど？」

冷静に指摘したのはアンジェだ。

だがエレオーネは首を振って、

「やつの恐ろしさを侮ってはならない！　本気を出せば、この高度まで……」

まさにそのときだった。竜巻の根元の砂が大きく盛り上がったかと思うと、そこから勢いよく巨体が飛び出してきたのだ。

体表は砂漠の砂と同じ色をしているが、見た目は確かにクジラそのものである。

しかし海のクジラがせいぜい海面から数メートルほどしか飛び上がらないのに対し、この砂のクジラはまるで空中を泳いでいるかのような勢いでぐんぐん高度を伸ばしていく。

「こ、こっちに向かってきています!?」

「もうお終《しま》いだああああああああああっ！」

どうやら自分の作り出した砂の竜巻を利用し、跳躍力を増しているらしい。

「へえ、こんな魔物も棲息してたんだね」

「暢気に感心している場合ではないぞ!?」

エレオーネに咎められるも、俺が余裕なのには訳があった。

『魔力砲を発射します』

直後、迫りくるサンドホエール目がけ、強力な魔力砲が発射された。

ドオオオオオオオオオオオオオオンッ!!

轟音が鳴り響き、その衝撃に煽られるように飛空艇が大きく揺れた。

巨体が地上へと落ちていく。

「な、な、なんだ、今のは!?」

「魔力砲だよ。このセノグランデ号には近づいてきた敵を撃退するため、いくつかの攻撃機能が搭載されてるんだ」

「空を飛べて、しかもサンドホエールを撃ち落とすほどの攻撃が可能だと……？　戦争の概念を覆すような兵器ではないか……」

エレオーネは戦慄している。

一方、地上に落下したサンドホエールは、魔力砲を喰らった部分が体内の臓器に届くほど深々と抉《えぐ》れており、もはや瀕死状態だった。

「あ、爆発しそう」

その身体が急激に膨張していったかと思うと、次の瞬間には爆発し、血や肉や臓物を周囲に撒き散らした。

「最後あんな死に方するんだ……」

「……やつの肉や臓器は他の魔物にとって大好物らしく、これから大量に集まってくるだろう。死んでもなお厄介な魔物なんだ」

少し血が飛空艇にかかってしまったので、自動洗浄モードにして奇麗にしておくとしよう。

「ともあれ、これで目的のオアシスに降りれるね」

魔導飛空艇をオアシスの上空に滞空させると、地上は大慌てだった。女性兵士たちが急いで武器を構えて警戒する中、昇降機能を使って地上に降りる。

「心配しなくていい。私だ」

「「エレオーネ様!?」」

エレオーネの姿を確認し、目を丸くする兵士たち。いきなり謎の空飛ぶ船から現れたのだから、驚くのも当然だろう。

それでもすぐに破顔し、彼女たちは大いに喜んだ。

「ああっ、ご無事だったのですねっ！」

「なかなか姿を見せられず、心配していたのです！」

「ですが、あの巨大浮遊物は一体……？　それに先ほど、サンドホエールを返り討ちにしたように見えたのですが……」

「驚かせて済まない。色々と事情があって、空に浮かぶあの船でこの場所まで連れてきてもらったんだ」

このオアシスに集結していたのは、せいぜい二十人ほどだった。

「やはりそう多くは集うことができなかったか……」

予想していたよりも数が少なかったらしく、エレオーネは少し沈鬱な表情を浮かべつつ、

「いや、むしろよく生き残ってくれたというべきかもしれない。かくいう私も、彼らに助けてもらわなければ、砂賊どもに捕まっていただろう。……っと、詳しいことは中で話すとしよう。お前たちも随分と疲弊しているようだしな」

第二章　王家の男

エレオーネ率いるエンバラ王国の兵士たちは、合流を果たしても全部でせいぜい三十人程度の数だった。

王国軍の兵は百五十人ほどいて、そのうちの半数以上はエレオーネの命令で逃走と合流を試みたらしいが、恐らく途中で砂賊に追いつかれてしまったのだろう。

「街を制圧している砂賊の数は、少なくとも三百人を超す……。強力な助っ人がいるとはいえ、現状ではさすがに戦力差が大き過ぎる」

この人数で国を奪還するのは現実的ではないと、エレオーネは顔を顰める。

「我が国と貿易のある友好国に協力を願い出るしかない。そうして十分な戦力を集めてから……」

「女王のお姉ちゃん、見えてきたよ。あれがエンバラ王国だよね」

「む？　そうそう、あれが我が国だ。この砂漠でも最大級のオアシスを中心に、街が広がっている。しかしこんな高いところから見渡すのは初めてで新鮮だ」

確かに砂漠のど真ん中に、かつてはなかった街が築かれていた。

湖と緑が広がる一帯の一部が、分厚い二重の城壁で取り囲まれて、粘土で作られたと思われる住宅が所狭しと立ち並んでいる。

湖の中に立っている白亜の建物が、恐らく王宮だろう。

「奥に見えているのが王宮で、今頃は砂賊どもに占拠されて……っていつの間にいいいいいいいいいいいいいいいいいっ!?」

エレオーネが絶叫する。

「なぜ街に!?」

「え、だって、砂賊から取り戻すんでしょ？」

「私の話を聞いていなかったのか!?　この戦力差ではどう考えても難しいと！」

「でも悠長にしてると、どんどん被害が増えていくよ。他国に兵を出してもらってたら、どれだけかかることか」

女性ばかりのこの国が、砂賊の野蛮な男たちに支配されているのだ。一刻も早く解放してあげなければ！

『立派な正義感ですね、マスター。ちなみに他意はありませんね？』

もちろんあるのは純粋な正義感だけだ。

決して国を救った英雄赤ちゃんとして男子禁制の区域にも自由に出入りしていいと言われて、女性たちに囲まれてちやほやされて、なんならおっぱいに挟まれたり一緒にお風呂に入ったりできたりして、なんていう疚《やま》しい考えはこれっぽっちもない。

『正義感一割欲望九割にしか思えませんが』

やる気満々なのは俺だけではない。

「ん、速攻あるのみ」

「相手は三百人程度でしょ？　あたしらにかかれば余裕よ！」

ファナたちも気合十分だ。

「……もしかして、貴殿らには勝算があるのか？」

「うん、あるよ。それに今なら相手も油断してるはずだしね。とっとと攻め込んで奪還しちゃおう」

こちらが力強く請け合うと、エレオーネも覚悟を決めたようだ。

「分かった。無論すぐにけりをつけられるのならそれに越したことはない。皆、聞いてくれ！　我々は今から奪還作戦を決行することになった！　戦力差はあるが、恐らく奴らはまさか我々がこんなに早く攻め込んでくるとは思ってもいないはずだ！　その油断を突き、一気に勝負を決めてみせよう！」

「「うおおおおおおおおっ！」」

女王の鼓舞を受け、女性兵士たちが拳を突き上げる。

ちなみにエレオーネも自ら作戦に加わるつもりのようだ。

「陛下まで捕まっては一巻の終わりです。ぜひ再考いただきたい」

「いいや、私は指を咥えて待っているつもりなどない。民が苦しんでいる今こそ、女王としての矜持を示すときだ。さもなければ、何が女王か」

思い留まるようにと兵士の一人に説得されたものの、それを突っ撥ねるエレオーネ。

「大丈夫だよ。女王のお姉ちゃんには僕がついててあげるからさ」

「赤子に言われても……」

胸を張って申し出ると、女性兵士から疑いの目を向けられてしまった。

「街には二重の城壁がある。二つの城壁に挟まれた一帯は誰でも立ち入りが可能な区域で、二つ目の城壁から先が男子禁制の区域だ。恐らく敵が本格的に警備しているのは、人数も考えて内側の城壁から先だろう。ゆえにそこまでは一気に近づけるはずだ。問題はどうやって城壁を突破するかだが……」

街のことに詳しいエレオーネたちが、奪還作戦を練ってくれようとしている。

しかし残念ながらそれには何の意味もない。

「女王のお姉ちゃんお姉ちゃん。そんなこと考える必要なんてないよ」

「なに？」

「王宮に直で乗り込むからさ」

「お、王宮に直で乗り込む……？　レウス殿、こんなときに冗談は……」

「女王のお姉ちゃん、今どこにいるか理解してる？　空だよ、空。この魔導飛空艇があれば、城壁を突破する必要なんてないよ」

「っ、そういえば」

ついでにこの飛空艇には便利な機能も付いているのだ。

「ほら、街のすぐ上まで来たよ」

「こんなに近づいているというのに、誰も気づく様子がないのだが……？」

「ステルスモードにしてるからね。外からはこの飛空艇が見えないんだ」

「そんなことまでできるのか!?　街の警備を完全に骨抜きにできるではないか……」

飛空艇の高度を下げてみても、まったくこちらに注目する者はいない。

まぁそもそも街中には人気自体がほとんどなく、たまに歩いているのは砂賊と思われる連中くらいなのだが。

そのまま一気に王宮へ向かう。

「念のため外で騒ぎを起こしておこう。ファナお姉ちゃんたち、頼まれてくれる？」

「ん、任せて」

「とにかく暴れまくればいいわけね」

「了解した」

敵の戦力を分散させるため、ファナたちを先んじて王宮の周辺に降ろした。すぐに悲鳴や怒声が響いてくる。

「ついでに城壁の方も攻撃しておくよ」

「どういうことだ？」

「火球×１００」

「……は？」

俺が放った百個もの炎の塊が四方八方へと散らばり、内側の城壁へと向かっていく。

そのまま城壁の上部に次々と着弾した。兵士たちが移動できるよう、歩道が整備された場所である。

いきなりの不意打ちに、警備についていた砂賊たちが慌てる様子が見て取れた。

「な、何だ、今の凄まじい魔法は……？」

「ただの火球をたくさん撃っただけだよ。今はファイアボールって呼ばれてるみたいだけど」

「どう考えてもファイアボールの大きさではなかったぞ!?」

これで王宮内は手薄になるはずだった。

そうして飛空艇を王宮で最も背の高い尖塔に横付けする。

「この窓から中に侵入しよう」

「王宮の中心部に直結する塔だ……。こんなところから敵が攻め込んでくるなど、想像したくもないな……」

自分が防衛する側だった場合を考えてみたのか、頬を引きつらせて苦笑するエレオーネ。

「砂賊どもを統率し、我が国への侵攻へと駆り立てた元凶はこの中心部にいるはずだ！　そいつを倒すことさえできれば、所詮、砂賊どもなど烏合の衆！　一気に瓦解するに違いない！　我らの勝利は近い！　行くぞ！」

彼女は仲間たちを鼓舞すると、自ら先陣を切って窓から塔内に突入した。

俺はその横についていき、兵士たちがすぐに後を追いかけてくる。

遠くから見ると白亜の非常に美しい宮殿だったが、作られてからかなりの年月が経っているのか、そこそこ老朽化しているようだ。

塔の螺旋階段を駆け下りていく。

「いたぞ、砂賊だ」

「え？　ぎゃっ!?」

途中の踊り場にいた男を、エレオーネが一息で斬り捨てる。

恐らく王宮全体を見渡せるこの塔で見張りをしていたのだろうが、まさか上から敵が現れるとは思ってもいなかったはずだ。

そのまま一気に螺旋階段を降り切ると、そこには床に座り込んで馬鹿笑いしている砂賊たちがいた。

エレオーネが突っ込んでいく。

「邪魔だ」

「へ？　がっ!?」

「てめぇっ、一体どこからぶぎゃ」

「て、敵襲だ――」

「おじさんは眠っててね」

笛を鳴らそうとした男は、俺の魔法で昏倒した。

それからエレオーネたちは、王宮内にいた砂賊たちを次々と撃破していった。

まさかいきなり王宮の中に攻め込まれるとは思っていなかったのだろう、慌てた様子でばらばらとやってくるばかりで、何の統率も取れていない。

「そもそも数が少ないね？」

「大部分は街中にいるのかもしれない。我々にとっては好都合だ」

てっきり王宮内は砂賊だらけかと思っていたが、むしろ非常に手薄のようだ。

やがて辿り着いたのは、女王が謁見などに使う大きな広間だった。

「いいねぇ、いいねぇ！　なかなかの上玉が集まったじぇねぇか！　さぁて、どの娘から可愛がってやろうかねぇ？」

そこにいたのは十五人ほどの砂賊たちと、ほぼ同数の若くて奇麗な女性たち。

その女性たちを鼻息荒く物色しているのは、女王の玉座で偉そうに踏ん反り返る男だ。

年齢は三十前後か。ぼさぼさの髪と無精ひげはいかにも砂賊という感じだが、正直、砂賊をまとめ上げたというには、あまり有能そうにも強そうにも見えない。

「あれが元凶の男？」

「明らかに違う。しかし歴代の女王が利用してきた玉座にあのような不潔な身体で座り、あまつさえ我が民たちを虐げるとは……万死に値する！」

激怒したエレオーネが広間を疾走し、男に躍りかかった。

「へ？　うおおおおおおっ!?」

エレオーネに気づいた男は、悲鳴を上げて玉座から転げ落ちそうになるが、ぎりぎり踏み止まったのが結果的には命を長らえることになった。

玉座に男の血が付着するのを嫌ったエレオーネが、寸前で剣を止めたのである。

「お、お、お前は、女王!?　なんでここにいるんだ!?」

「黙れ。そしてその椅子から離れろ。さもなくば斬る」

「は、はひっ」

玉座のお陰で命拾いしていたとは思わないようで、男は両手を上げながら慌てて玉座から離れた。

「その場にうつ伏せになれ」

「わ、分かったから殺さないでくれっ……」

エレオーネも少しは冷静になったのか、この場で斬り捨てようとはせず、代わりに足の裏で男の頭を踏みつけた。

「ぶべっ……」

「私の問いに答えろ。嘘を言ったりはぐらかしたりしたら殺す」

ちなみにこの女王の間にいた他の砂賊は、すでに女性兵士たちによって制圧された。

「兵士さんたちが助けてくださったんだ……っ！」

「ありがとうございます！」

集められていた女性たちが安堵の息を吐く。一目見て分かるほど美女ぞろいだが、それに加えて全員が豊かな胸の持ち主だった。

「ほほう、砂賊もなかなかセンスが良いじゃないか」

『マスターも頭を踏みつけられてはどうでしょうか』

愛杖とそんなやり取りをする俺を余所《よそ》に、エレオーネは男を問い詰めていた。

「貴様らのリーダーはどこにいる？　カイムという名の男だ」

「お、お頭なら今この王宮にはいねぇ！」

エレオーネは男の右肩に剣先を突き刺した。

「ぎゃあああっ!?」

「どこにいるかと訊いているんだ。端的に答えろ」

「お頭なら遺跡だ！　ここを制圧してすぐに、幹部たちを率いて行っちまった！　俺は代わりにこの場を任されたんだよ！」

「なんだと!?」

男の返答にエレオーネの顔色が変わる。

「女王のお姉ちゃん、遺跡って？」

「……先ほど話した初代女王の墳墓だ。湖の向こう側に巨大な建造物が見えただろう？」

「そういえばあったね」

四角錐の形状をした建造物で、地上からだと恐らく奇麗な三角形に見えるだろう。

この王宮よりも大きな建物のようだったが、どうやらこの国の開祖が眠る墳らしい。

「何が目的だ!?」

「いでででっ!?　おおお俺は知らねぇよ!?　お頭の考えることなんて、俺にはまったく分からねぇっ！」

怒りを露わに詰問するエレオーネに対し、男は涙目で叫ぶ。

「単純にお宝目当てじゃないの？」

「……あの遺跡にお宝らしいものなどない。なにせ初代女王はそういうものを好まなかったからな」

「そうなんだ」

砂賊たちがまったく統率されておらず、こうしてあっさり王宮の中枢を取り戻すことができたのは、その頭目とやらが幹部たちを連れて遺跡に潜ったためだろう。

どうせすぐには反攻してこられないと高を括っていたのかもしれないが、せっかくこの国を制圧しておきながら、そんなリスクを冒してまで真っ先に遺跡に侵入するなんて、相応の理由があるはずだ。

「だとすると何のために……？」

「まさかとは思うが、あの男っ……禁具を狙っているのではないだろうなっ？」

「禁具？」

「初代女王だけが使うことができたという呪いの武具のことだ。あまりにも危険な代物のため、あの遺跡のどこかに封印されていると言われているが……カイムめっ！」

激高したエレオーネの足に力が入る。

未だ彼女に頭を踏みつけられていた男が絶叫した。

「ああ頭が潰れるっ！　ぎいやあああああああっ！」

初代女王が使っていたとされる呪いの武具。

それは手にした者に強大な力を授けてくれる一方で、その精神を蝕み、やがては破壊の衝動に突き動かされるだけの獣と化すらしい。

「しかし初代女王には生まれつき、あらゆる呪いを無効化する力があった。それゆえ禁具を扱うことができたのだ」

それだけ聞くと破格の才能だが、逆に彼女は生まれながらに、とある呪いに侵されていたという。

「男子を産むことができない呪いだ。しかもそれは血に刻まれるほどに強いもので、何代も先の子孫である私たちにまで引き継がれている。この呪いがあったがゆえに、逆に他の呪いが打ち消されていたわけだ」

今この国に住む女性たちは、多かれ少なかれ初代女王の血を継いでいるようだ。

血の濃度によって呪いの強さには差があるのだが、この国の女性たちから男の子が産まれてくることは非常に稀だという。

この国が女性ばかりなのはそうした背景があったのか。

「男の子が産まれてきたらどうなるの？」

「産んだ母親が育てることはできない。禁制区外にある施設に入れられるのだ」

男子禁制の区域で生活することはできず、外側の居住区で育てられるらしい。

なかなか徹底している。

「赤ちゃんまで入れないなんて……」

『マスターも今すぐ出ていくべきかと』

もちろん今は緊急事態なので咎める者などいない。そもそも砂賊の男たちが我が物顔でこの区域を占拠していたくらいだしな。

「なんにしても、その禁具というのが狙いなら放ってはおけないね」

幸いファナたちの活躍で、すでに王宮は完全奪還していた。

王宮の外で暴れて戦力を引き付ける役割だったのに、それぞれあっさり敵を全滅させてしまったので、王宮まで制圧してくれたのだ。

街中にまだ少数ながら砂賊の残党がいるようだったが、それも彼女たちに任せることにして、俺とエレオーネはその初代女王の遺跡までやってきた。

「こうして見るとかなり大きいね」

「地上に見えている範囲だけでなく、地下にも続いている広大な遺跡だ。内部にはアンデッドが巣食い、危険なトラップも仕掛けられている。もはやダンジョンのようなものだ」

砂賊たちがこの遺跡に戦力を割いたのは、簡単には攻略できないと考えたからだろう。

「入り口は頂上付近にある」

まずは外壁から三角錐の頂上を目指す。

「所々に落とし穴が仕掛けられてるね」

「その通りだ。落ちれば最後、針山に叩きつけられて穴だらけになる」

エレオーネの案内で、落とし穴を避けつつ頂上に辿り着く。

そこには固く閉じられた扉があった。

「初代女王の血を継ぐ者にしか開けられない扉だ。……代々の女王だけが知る特別な文言も必要になる」

そう言って扉に手を触れたエレオーネは、ちょっと恥ずかしそうに「プッとこいてプッとこいてプップップッのプッ」と唱えた。え、なにそのアホみたいな合言葉。

すると、ゴゴゴゴゴゴゴ、という轟音と激しい振動とともに扉がゆっくりと開いていく。

その先には遺跡の内部へと続く階段があった。

内部は狭い通路も多く、トラップのことを考えると大人数ではかえって危険だからと、中に入るのはエレオーネと精鋭の女性兵五人、そして俺の計七人だ。

「本来ならこの先に部外者を連れていくのはご法度だが、今は緊急事態だ。特別に貴殿の同行を許したい」

「小さくてスペースも取らないかわいい赤ちゃんだしね」

「……本当に貴殿が赤子なのか、大いに疑問だが」

どこからどう見ても赤ちゃんですよ、ばぶー。

『内側からエロジジイのオーラが滲み出ていますがね』

途中でいくつも分かれ道があったが、遺跡の内部構造を完全に把握しているらしく、エレオーネは迷うことなく進んでいく。

「女王の座を受け継ぐとき、先代と共に遺跡の最奥に赴くのだ。そしてそこに眠る初代女王の前で代替わりの儀を執り行う」

今はそのたった一度の記憶を頼りに進んでいるという。

ルートだけでなく、トラップも的確に回避していた。

「いずれまた私が次の女王に正しいルートを教えねばならないからな。必死に覚えたんだ」

さすがは女王、と思っていると、ある分かれ道の手前で足を止めた。

「……また分かれ道だな。ここは……む……どっちだったか……」

「もしかして忘れちゃった？」

「だ、大丈夫だ。確かにこの道を通ったはず。先ほど右に曲がったから、ここは左の道を……いや、それはもう一つ前の分かれ道のことだったかも……」

ついさっき頼もしいこと言ってたのになぁ。

女性兵士たちが不安そうにしている。

「大丈夫、左の道で合ってるよ。少し進むとトラップがあるとこだね」

「そ、そうだったな！　もちろん覚えている！　少しだけ混乱しただけだ……って、なぜ貴殿がルートを知っている!?」

「魔法で探知してるから」

トラップの位置や内容だって分かるぞ。

俺は小さくて万能なかわいい赤ちゃんなのだ。

しかしトラップの中には、すでに発動したものがいくつもあった。恐らく先を進んだ砂賊たちが踏んでしまったのだろう。

「む、何か倒れているようだ」

さらに進んでいくと、通路に横たわる何かを発見した。

「人だね」

「砂賊のようだな。恐らくトラップの餌食になったのだろう」

遺跡に侵入していた砂賊の一人がトラップを踏んでしまったらしく、胸に矢が突き刺さり、絶命していた。

「情報ゼロでこの遺跡に挑むとこうなる。どれだけの人数で挑んでいるか分からないが、全滅している可能性もあるだろう」

その後も決して少なくない数の砂賊の死体を見つけた。

「カイムめ……明らかに仲間の犠牲を厭わずに進んでいるな」

仲間を先に進ませることで、トラップを強引に回避しているようだ。使い捨てのように仲間を扱っていることに、不快感を示すエレオーネ。

「それはそうと、女王のお姉ちゃん、何で砂賊の頭目の名前なんて知ってるの？　会ったことありそうな雰囲気だし」

「………いや、無論、会ったことはない。ただ名前を伝え聞いてるだけだ。それよりこの先、気を付けてくれ。アンデッドが待ち構えている」

誤魔化すように首を振るエレオーネに違和感を覚えつつ、少し広い部屋に出た。

石造りの四角い箱がずらりと並んでいる。

「いかにも中から何かが這い出してきそうな雰囲気だね」

「ご名答だ」

ズズズズズ、と箱の蓋が開いていく。

そうして中から現れたのは、全身包帯姿のアンデッド、ミイラだった。

「こいつらは異常な耐久力を持っているため、いちいち相手にしていたらキリがない。無視して一気に通り抜けるのが得策だ。幸い部屋を出たらそう遠くまでは追ってこない」

「聖光」

俺が放った浄化の光が、ミイラの全身を焼き尽くす。

包帯だけを残して中身が完全に焼失した。

「いま何をした!?」

「アンデッドに効く魔法を使っただけだよ」

「そんなことまでできるのか……」

その後も何度かアンデッドモンスターに遭遇したが、俺の魔法ですべて瞬殺。中には砂賊がアンデッド化したばかりと思われる、新鮮ほやほやの（？）ゾンビもいた。

そうしてついに遺跡の最奥、女王の眠る部屋へと辿り着く。

簡単な祭壇と棺があるだけのシンプルな空間だった。華美なものを好まない初代女王の性格が反映されているのだろうが、その場所に数人の男たちの姿があった。

数が少ないのは、それだけ途中で脱落したためだろう。しかも大いに苦戦したようで、残っている彼らも明らかにボロボロだった。

「なっ、貴様らは……っ!?」

「エレオーネ女王だと!?　なぜここに……っ!?」

予期せぬ状況に驚愕し、慌てふためく男たち。

「この神聖なる寝所に、無断で立ち入るなど言語道断！　初代女王に代わり、貴様らに天罰を下さん！」

エレオーネはそう声を張り上げながら、先陣を切って躍りかかっていった。兵士たちもすぐ後に続く。

砂賊たちは動揺しつつも必死に応戦しようとしたが、戦いはほとんど一瞬だった。

ここまで何の案内もなく踏破してきた砂賊たちは疲弊し切っていたのに対して、ルートやトラップを把握していたエレオーネのお陰で、こちらは体力をほとんど消耗しなかったからな。

しかし彼らの中に、頭目の姿はなかったらしく、

「答えろ、カイムはどこに行った？」

「……お、お頭なら隣の部屋だ」

「っ……やはり禁具が狙いか！」

エレオーネが顔をしかめて叫んだときだ。

この部屋の脇に設けられていた小さな出入口、その向こうから姿を現したのは、全身に刺青を入れた男だった。

恐らくこいつが頭目のカイムだろう。

しかし砂賊たちをまとめ上げた男だというので、どんな厳つい大男かと思っていたのだが、むしろ美男子といっても過言ではない印象だ。

上背はそれほど高くはなく、どちらかというと細身の体形である。

だがその整った顔には狂気じみた笑みが浮かんでいて、まともな人間ではないことは明らかだった。

「ククク、国を捨て、尻尾を巻いて逃げ出したお前が、まさかこんなところに現れるとは思わなかったぜ」

「国を捨てたわけではない！　その証拠にこうして舞い戻ってきた！　そしてすでに街は奪還したぞ！　あとはカイム、貴様だけだ！」

この二人、かたや女王かたや砂賊の頭目だというのに、やはり互いに面識があるらしい。

というか、よく見るとちょっと目鼻立ちが似てるような……？

「クハハハッ、むしろオレ様が一人いれば十分だ！　こいつを手に入れることもできたしなァ！」

「っ……貴様っ、やはり禁具を……っ！」

カイムが掲げてみせた右手には、不気味な気配を漂わせる鉤爪が装着されていた。

「初代女王が遺した『悪夢の爪』……ククッ、装備しただけで理解できるぜ。こいつは途轍もない力を持った武器だということがなァ！」

「すぐに外せ！　それがどれほど危険な代物か、貴様は理解しているはずだ！」

「クハハハハッ！　確かにそうだなァ、エレオーネ？　なにせオレ様は幼い頃、貴様と共にこいつの話を先代から何度も聞かされて育ったからなァ！」

「「「……えっ？」」」

カイムの言葉に驚いたのは女性兵士たちだ。

エレオーネは怒りの中にどこか悔恨の混じった表情で、カイムを睨みつけている。

「女王のお姉ちゃん、どういうこと？　あのカイムって人、実は女性ってオチ？」

その割に胸はまっ平だ。

これではオリオンのときのような嬉しい展開は期待できない。

『マスター、勝手にがっかりしないでください』

「……いや、奴は間違いなく男だ。そう、男、だったんだ……」

無念さの籠った声で呻くエレオーネ。

そうして彼女は、頭目の男との関係を明らかにした。

「奴は私の弟……我々は同じ母から産まれた姉弟なんだ」

「あれ？　初代女王の血が濃いほど、男の子が産まれなくなるんじゃなかったっけ？」

「……そうだ。当然ながら王家には初代の血が最も濃く流れている。ゆえに過去に一度たりとも、女王から男児が誕生したことはなかった」

なのに男の子が産まれてきてしまった。

その事実が公になれば、女王の権威にかかわるだろう。

そのため男の子の誕生を秘匿し、こっそり施設に送る方向で話が進んだ。妊娠についてはすでに公にされていたが、死産したと発表してしまえばよい。

だがそれに強く反対したのが当時の女王だった。

「……先代の我儘により、王宮で女の子として育てられることになったのだ。幼い頃の私たちは仲が良く、いつも一緒だった」

幼い頃のカイムは女の子にしか見えず、男子禁制の世界で生きるのに何の支障もなかったという。

無論、それがいつまでも続くはずはなかった。

「第二次性徴期を迎え、やがて隠すのが難しくなってきた。そうしてカイムは外で生きていくことになったのだが……」

「ククク、当然いきなり王宮から放り出されて、納得できるわけがねぇよなァ？　なにせオレ様はそれまで、自分が女だと信じて生きてきたんだぜ？　しかも外に出てから、オレ様が女王の子供だってことを誰かに話したりしねぇよう、常に監視がつけられた。ククッ、あれほど息の詰まる日々はなかったぜ」

そして新たな生活に嫌気がさしたカイムは、国を去ったという。

そこからどういう経緯で砂賊になり、大集団をまとめ上げたのかは分からないが、かつての復讐か、帰還するだけには飽き足らず、国そのものを占領してしまったのだった。

「姉弟かぁ。道理で少し似ているわけだ」

それにしても色んな意味で残念だ。

カイムがちゃんと女の子として生まれていたなら、王宮から去る必要も、砂賊になることも、姉とこうして対峙することもなかっただろうし、なんならこの世界に巨乳が一人増えていたかもしれないのに！

あまりにも残念である。

『一番残念なのはマスターの脳みそです』

「ククク、そしてこの『悪夢の爪』は初代女王の武具……同じ呪いをその身に宿す子孫ならば、武具の呪いを受けずに使いこなすことができるとされている」

カイムは不敵に嗤う。

「つまり、このオレ様にも扱えるということだ！　クハハハハッ！　そしてこいつの力を使えば、この砂漠はおろか、この世界を支配できるだろう！　エレオーネ！　オレ様はよ、貴様のようにこんな砂漠の小さな国のトップで満足する器じゃねぇ！　オレ様は世界の王になってやるぜ！　クハハハハハハッ！」

随分と大きく出たなぁ。

まぁしかし、あの鉤爪、確かに普通の武具ではなさそうだ。

「ククッ、他の連中はオレ様が大言壮語を吐いてると思ってるようだなァ？　ならば見せてやろう、この『悪夢の爪』の力をなァ！」

カイムが爪を振るう。

すると次の瞬間、爪から黒い靄のようなものが噴出し、こちらに襲いかかってきた。

「っ……動けないっ!?」

「なんですか、この黒いものは……っ！」

物理的な力を有した靄に拘束され、身動きを奪われる女性兵士たち。

どうにか逃れようとするも、身体はピクリとも動かない。

「ククッ、これこそが自由自在に暗闇を操ることができる『悪夢の爪』の力！　だがこんなものまだまだ序の口だ！　その気になれば夜の闇を丸ごと動かせるという破格の武具だからなァ！」

爪の力に満足した様子のカイムは、闇に捕らわれたエレオーネに笑いかけた。

「どうだ、エレオーネ？　オレ様の仲間にならないか？」

「……なんだと？」

「お前とオレ様は姉弟で、お前の中にもオレ様と同じ血が流れている。だからお前なら、オレ様の考えを少しは理解できるはずだ」

「ふざけるな！　貴様のような異常者の考えなど、理解できるわけがない！　確かに貴様の境遇には同情するところもあるが、だからと言って貴様の暴挙が許されると思うな！」

カイムの誘いを断固として突っぱねるエレオーネ。

「ククク、つれないねぇ？　昔は一緒のベッドで寝た仲だってのに」

「いつの話をしている！」

「残念だぜ、エレオーネ。できれば、お前自身の意思でオレ様の仲間になってほしかったのによォ」

「っ……どういう意味だ？」

「こういうことだァ！」

カイムが悪夢の爪を振るった。すると爪から放たれた鋭利な闇の矢が、配下の砂賊たちの身体に深々と突き刺さる。

「が……っ!?」

「お、お頭、いったい、何を……」

それは彼らの心臓を貫いたようで、次々と絶命して地面に倒れ込んだ。

「貴様!?　仲間に何をっ!?」

「ククク、こうするんだよォ！」

カイムが叫んだ直後、砂賊たちの死体が闇に喰い尽くされていく。

やがてその闇が彼らの身体と融合してしまったかのように、真っ黒い姿となった砂賊たちが武器を手に立ち上がった。

「な、なんだ、これは……？」

「クハハハハッ！　これこそがこの爪の力の真骨頂！　死体を闇に取り込むことで、忠実な闇の戦士に変えることができる！」

絶句するエレオーネに、カイムは告げる。

「安心するといい、エレオーネ。お前の身体はこれからずっとオレ様のものだ。一番近いところで、オレ様がこの世界の支配者として君臨するまでを見届けさせてやる」

「や、やめろ……っ！　やめてくれっ！　そんな風に利用されるくらいなら、死んだ方がマシだ……っ！」

絶望で頬を引きつらせ、必死に叫ぶエレオーネ。無論、狂気の目をしたカイムはそれを聞き入れるはずもなく。

「さあ、エレオーネ！　我が愛しの姉よ！　オレ様のものとなれ！」

「「エレオーネ様あああああっ!!」」

女性兵士たちが絶叫する中、闇の矢がエレオーネめがけて放たれる。闇で拘束された彼女たちは、ただ女王の最期を見届けることしかできない。

「聖光」

聖なる光が、その闇の矢を消し飛ばした。

「……なんだと？」

予想外の事態に少し呆然となるカイム。そこでようやく俺の存在に気づいたらしい。

「何でこんなところに赤子がいる⁉」

「どうも、かわいい赤ちゃんで～す」

「しかも喋っただと⁉」

お約束の反応を示してくれるカイムを余所に、俺は同じ魔法でエレオーネたちを拘束していた闇を消し飛ばしてやる。

この魔法は、アンデッドを浄化するだけに留まらず、あらゆる闇を打ち払う力を持っているのだ。

「なっ⁉　やはり先ほどの光もお前の仕業か⁉　だがこの爪で生み出した闇は、そう簡単には払えないはず！　いや、そもそもなぜ赤子が魔法を使っている⁉」

「いきなり疑問が多いね」

『誰でもそうなるかと。マスターは存在そのものが異常ですから』

俺を危険な存在と認識したのか、カイムは先ほど作り出した闇の戦士たちをけしかけてきた。

「聖光」

またも同様の魔法を放ってみたが、闇の戦士たちは光が直撃しながらも躍りかかってくる。

「なるほど、元が人間の身体だから、そう簡単にはこの光で消せないのか」

光を浴びた部分に関しては一時的に消失したものの、すぐに修復されて元通りになってしまう。

気づけば周囲を取り囲まれていた。

「クハハハッ、死ね！」

四方八方から繰り出される攻撃。無論すでに俺はそこにいない。

カイムの背後に移動していた。

「それよりこの爪の方を取り除いちゃった方が早そうだね」

「……は？　いつの間に⁉」

「風刃」

カイムの腕ごと悪夢の爪が宙を舞った。

俺が放った風の刃で、肘から先を切り飛ばしてやったのだ。

バハムートに喰わせてもよかったのだが、一応この武具は初代女王が使っていたものらしいからな。勝手に消失させてしまうのはマズイだろう。

「～～～～ッ⁉　ぎゃあああああああああっ⁉」

血を噴出させながら絶叫するカイム。

悪夢の爪は地面を転がり、先ほど作り出された闇の戦士たちは粒子となって消えていく。

俺は悪夢の爪を拾うと、カイムが出てきた隣の部屋へ。

そこには空になった宝箱が置かれていた。周囲に結界の魔法陣が描かれているのだが、その一部が消えかかっている。長い年月の間に結界自体が弱まっていたようだ。

それでカイムに破壊されてしまったのだろう。

「危険だから改めて封印しておこう」

悪夢の爪を宝箱に仕舞い、新たな結界を施しておく。

ちょっとやそっとでは破壊できない強力なものにしておいたので、万一今回のようなことがあっても大丈夫なはずだ。

元の部屋に戻ると、カイムは自らの腕から流れ出た血溜まりの中にいた。

もはや瀕死の状態だ。

「哀れな最期だな、カイム」

「ク……ククク……同情してくれるのか、エレオーネ……」

姉弟ながら、性別のせいでまったく違う人生を歩むことになった二人。

頭の中を色んな想いが去来しているのだろう、様々な感情がない交ぜになった表情で見つめ合う。

「貴様のしたことは許されることではない。だが……もし私が男に生まれていたらどうなっていたかと考えてしまう」

「………………ククク」

もし二人の性別が逆だったなら、互いの立ち位置は今、逆だったのかもしれない。

「あ、ごめん、治療するの忘れてた」

俺は再生魔法を発動。

すると床に放置されていたカイムの腕が動き出し、切断面とくっ付き、融合する。失われた血も再生して、あっという間に顔色がよくなった。

「「……は？」」

エレオーネとカイムがそろって呆然とする。

「積もる話もあるだろうし、もうちょっとゆっくり話をしたら？　そのうえで、国の法律に則って処刑するなりなんなりしたらいいと思うよ」

第三章　賭博場

「貴殿らが力を貸してくれたお陰で、こうして無事に国を取り戻すことができた。貴殿らは我が国の英雄だ」

遺跡から戻ってきてから数日後、俺たちはとある場所に呼び出されていた。禁制区の外にある立派な建物で、本来は他国との外交に用いられる施設らしい。

そこには女王エレオーネがいて、改めて今回の一件を感謝されたのだ。

考え得る限り最速で国を奪還できたため、被害は最小限に抑えられたという。

さらに怪我の功名とでもいうべきか、中継貿易で成り立つこの国にとって、今回の一件で隊商の脅威になっていた砂賊を一掃できたのは非常に大きかったようだ。

「今後は専門の部隊を結成し、徹底した取り締まりを行っていくつもりだ。今回のようなことが二度と起こらぬようにな」

ちなみに首謀者であったカイムは、ほぼ確実に処刑されることになるという。

「それだけの罪を犯したのだから当然だ。私は女王として、しかるべき判断を下さねばならない。

……ただ、レウス殿、貴殿のお陰でやっと最後に色々なことを話すことができた。ありがとう」

「うん、それはよかったね」

それから褒賞ということで、この砂漠でしか採れない鉱石を使った装飾品やこの国の伝統工芸品などを貰った。

一応ありがたく受け取ってはおいたが、当然ながら俺が欲しいのはそんなものではない。

俺が欲しいものは……そう、この国の男子禁制区域を自由に動き回れる権利である！

『強欲な赤子ですね』

いやいや、国を救った英雄なんだぞ？　それくらいむしろ当然だろう。

そうして俺は美女たちに囲まれ、夢のハーレム生活を満喫するのだ！

『東方に行くのではなかったのですか？』

あんまり自分から要求するのもスマートではないので、俺はほんのりとエレオーネに訊いてみた。

「ところで女王のお姉ちゃん。男子禁制の区域って、外国人でも女性なら入ることができるんだよね」

「ああ、女性なら問題ない。無論すべての場所に立ち入れるわけではないがな」

「じゃあ、うちの三人娘も入れるってことだよね」

「当然だ。我が国の英雄が希望するなら、この王宮も案内しよう」

よしよし、思っていた通りの流れだぞ。

この感じなら大丈夫そうだ。俺が大人の男ならともかく、三人娘の立ち入りが許されて、かわいい赤子だけ許されないなんてあり得ないだろう。

「僕もそれに同行しても？」

「悪いがそれは難しい」

「……ほえ？」

思わず変な声が出てしまった。

「え、あれ？　聞き間違えかな？　今、難しいって言った？」

「そうだ。貴殿には本当に感謝している。だが生憎とそれとこれとは話が別なのだ」

「ちょっ、何で!?　僕、赤ちゃんだよ!?」

「赤子とて例外ではない。特に今回、カイムの件があったばかりだ。やはりこの伝統は、厳密に守らねばならないと確信した。それでこの場も、あえて禁制区の外に設けさせてもらったのだ」

禁制区外の外交施設を利用したのは、エレオーネがわざわざ出向いてくれたからだと思っていたが、どうやら俺が男なので王宮への立ち入りができないからだったらしい。

俺の夢のハーレム生活がああああああああああっ！

クソおおおおおおおおおおおおおおおおおっ！

『ざまぁです、マスター』

禁制区への立ち入りこそ許されなかったものの、代わりに宿はずっと無料。飲食店などの利用もすべて王家が支払ってくれるらしく、しかも何日でも気が済むまで滞在し、満喫してくれて構わないと言われた。

「そんなんで釣り合うわけないだろおおおおおおおっ!?」

せっかくだから禁制区内をあちこち見てみたいと女性陣が出かけたあと、一人だけ宿に残された俺は思わず絶叫していた。

『まぁまぁ、落ち着いてください、マスター。ぷぷぷ』

リントヴルムが意地悪く嗤っている。

そんなキャラだったっけ……。

「しかしこの国、こんなに厳格で、どうやって子供を増やしてるんだ?」

ふと湧いてきた疑問。国を維持していくには子供を産まなければならないわけだが、それには男が必須だ。

「ちょっとその辺の人に訊いてみよう。ねぇねぇお兄ちゃん」

「赤子が喋った!?」

「最近の赤子は喋るんだよ。それより、この国の女性たちって、どうやって赤ちゃんを作ってるか知ってる?」

「最近の赤子はもうそんなことに興味を示すのか……」

何やら盛大な勘違いをしているようだ。

「これだ！」

噂のポスターを発見し、俺は快哉を叫んだ。

『若くて健康的な男子求む。詳細は王宮出張所まで』

この国を訪れた人たちに話を聞いたところ、どうやらこの国の女性たちが子供を作るのに、外部の男性から子種を提供してもらっているらしい。

誰でもエントリーできるそうだが、当然ながら厳しい審査がある。

実際にその審査を受けたという男性からも話を聞いたが、若くて健康なだけではなく、人格的にも肉体的にも優れ、なおかつ優秀であることが求められるらしい。

だがその審査を通過すると、禁制区の一画への立ち入りが許され、そこで繁殖活動に邁進することになるという。

「よし、応募しよう」

俺ほど若くて健康で、そして人格的にも肉体的にも優れ、優秀な人間はいないだろう。

『さすがに若過ぎるかと。あと、人格的に優れているとは……？　なんにしても年齢制限があるようです。そちらのポスターにも十五歳以上二十五歳未満と記載があるでしょう』

「が－ん……」

リントヴルムの指摘に、俺は一瞬ショックを受けるも、

「いいや、何の問題もない！　一時発育急進魔法を使って、大人の姿になればいいんだ！」

己の寿命を犠牲にすることで、自分の肉体を一気に成長させるという魔法。それが一時発育急進魔法だ。

先日の復活した魔王アザゼイルとの戦いでこの魔法を使用し、二十歳頃には立派な体躯の男前になることを確認している。

あの俺なら間違いなく審査を突破できるだろう。

『あんな高度な魔法をしょうもないことに使わないでください』

「しょうもなくなんかない！　むしろ魔王と戦うよりも重要だ！　審査を通過したらガチハーレムが待ってるんだぞ!?」

『そんな発言をする人間のどこが人格的に優れているのか、解説していただけますか？』

リントヴルムは呆れながら、

『残念ながらあの魔法には時間制限があります。無理に長時間使用し続けると、あっという間に寿命が縮んでしまうでしょう』

「メルテラに若返りの方法を教えてもらうから大丈夫」

『ではわたくしは絶対に教えないように説得いたしましょう』

「なんで!?」

だが愛杖の言うことももっともだった。あの大人の姿を長く維持しておくのは難しく、戦い後に勝手に元の姿に戻ってしまったほどだ。

仮に長時間使用が可能になったとしても、この赤子の身体に大きなダメージが残ることは間違いない。

「それでも男には戦わねばならないときがあるんだ！」

『もう勝手に死んでください』

……結局、禁制区への立ち入りは諦めた。

もし審査を突破して種馬ならぬ種人になれたとしたら、最低でも一年くらいはその仕事で拘束されることになると知ったからだ。

さすがにそんなに長期間、この国に留まる気にはなれない。なにせ赤子でいられる時間は短いのだ。

しかし禁制区に入れないなら、もはやこの国に用なんてないな。とっとと東方に向かうとしよう

――

「うっひょおおおおおっ！　お姉ちゃん、良い胸してるううううううっ！」

俺は拳を突き上げて絶叫していた。

視線の先には舞台があって、そこでは露出度の高い衣服を身に着けた美女たちが、際どいポーズを取っていた。

この砂漠の国には、訪れる人々を楽しませるための様々なエンターテイメントが発展しているらしい。

セクシーダンスと名付けられたこの舞台は、その中でも大人気興行の一つだった。

男子禁制区があるくらいだから色々と厳格なのかと思っていたが、どうやら禁制区の外は割と寛容なようだ。

『とっとと東方に向かうのでは？』

リントヴルムが呆れたように指摘してくるが、俺は無視して舞台上を凝視。

褐色の肌の美女たちはいずれ劣らぬ豊満な胸の持ち主ばかりで、彼女たちが動くたびにブルンブルンと揺れまくっている。

熱狂する会場は超満員。

生憎と舞台から距離のある席しか取れなかったものの、魔法で視力を強化しているので、小さなホクロすらはっきり見ることができた。

「禁制区なんかに入らなくたって、十分楽しめるじゃないか！　最高の街だね！」

前言撤回。もう少しこの国を満喫させてもらうとしよう。

「へえ、この国、賭博場まであるんだ。本当に娯楽が発展してるんだね」

エンバラ王国には、賭博場まで存在していた。国によっては賭博そのものが禁止されているところもあるのに、ここでは堂々と営業しているらしい。

この国では、禁制区の外ならかなり自由に商売が行えるようになっているのだ。

そして砂漠を行き来する商人たちからガッポリ金を儲けてやろうと、この国の女性たちがあの手この手で「おもてなし」をしている。

「賭博、したことない」

「あたしもよ」

「お姉ちゃんたちはまだ子供だし、年齢制限に引っかかることも多いしね」

「ん」

「あんたに言われたくないわよ」

しかしここの賭博場には、年齢制限もないという。

つまり赤子の俺でも遊べるということだ。

「賭博はね、良い訓練になると思うよ」

「師匠、どういうこと？」

「勝つか負けるか、賭博は勝負の世界だからね。しかも武力に頼ることができない。思考力と判断力、感情抑制力、忍耐力、相手の心理を読む力、そして何より運を引き寄せる力が必要なんだ」

運。非常に曖昧で掴みどころのないものだが、人生において運は非常に重要だ。

運に見放されたら、格下の魔物に足をすくわれることだってあるだろう。

「なんか面白そうじゃないの！」

「まぁ脳筋のアンジェお姉ちゃんには難しいかもね」

「誰が脳筋よ!?」

賭博場内では、セクシーな衣装を身に着け、頭になぜかウサギの耳を模したカチューシャを装着した若い女性たちが接客を行っていた。

「む、兎の獣人か？」

「コスプレだよ、コスプレ。それっぽい耳を着けているんだ」

「いったい何のために……？」

自前の獣耳を持つリルは首を傾げている。

「いや、すごく意味があると思う。ほら、あれを見て」

鼻の下を伸ばした男たちが、彼女たちに良いところを見せようと強気の賭けを連発していた。

「ああやって男たちを煽り、金を落とさせようとしているわけだね。むしろここのオーナーは天才だ」

「ううむ、人間のすることは分からぬ」

ちなみにあの恰好をした女の子たちのことを、バニーガールというらしい。

俺が感心していると、一人のバニーガールがまだ腑に落ちない様子のリルのもとに近づいてきて、

「あなた、変わったカチューシャね？　そんなタイプのものあったかしら？　見たことない顔だし……あっ、分かったわ！　新人さんに、オーナーが新しい衣装を着せたのね！　あの人、思いついたことをすぐやっちゃうんだから！」

「む？」

「なんにしても、そんなところでぼーっと突っ立ってちゃダメよ！　今日はお客さんが多くて忙しいんだから！　ほら、新人はまず飲み物の給仕から！　こっちに来なさい！」

どうやらリルの獣耳を見て、仲間の従業員と勘違いしてしまったらしい。

「待て、我のこれは自前の……」

「やり方が分からないなら私が教えてあげるから！」

リルはそのバニーガールに引っ張られ、どこかへ連れられていく。

「リルは人間のお金を持ってないし、ちょうどいいかもね」

賭博をするには当然お金がいるのだ。

この賭博場では、専用のコインを購入してからゲームをする仕組みになっているらしい。

そしてコインは後から商品やお金に換えることが可能だ。

「あら、かわいいお客さんたちね」

コイン販売所のお姉さんもバニーガール衣装だ。

俺たちを見て「賭博デビューかしら」という顔をしていた彼女は、ファナが出した大量の金貨に唖然とした。

「……は？」

「ん、勝負」

「え、ファナお姉ちゃん、そんなに換えて大丈夫？」

「問題ない」

もちろんすべてファナ個人のお金だ。パーティのために使うお金は別にプールしているので、個人のお金は好きに使って構わないことになっている。

「やるわね！　なら、あたしはもっと勝負してやるわ！」

アンジェも張り合うように大金を出す。

二人ともビギナーなのに勝負し過ぎだ。

「い、いやいやいやいや、あなたたち何者なの!?」

驚愕しつつもそれが仕事なので、お姉さんは金貨を数え、すべてコインに換えてくれた。

「なら、師匠として負けてられないね！」

『……マスターまで』

俺も負けじと大金を投入する。

「赤ちゃんまで!? どうなってるの!? てか、この子、本物の赤ちゃん!?」

「正真正銘、本物の赤ちゃんだよ」

困惑しきっている販売所のお姉さんを余所に、俺たちはゲームを楽しむべく各々、賭博場内に散らばった。

「魔法でイカサマすればいくらでも稼げるけど、それじゃあ面白くないからね。魔法なしで勝負してみせるよ」

魔法を使えば賭博で勝つなんて楽勝だ。もちろん魔法の不正使用を防止する対策ぐらいしているだろうが、俺が本気を出せばそれを潜《くぐ》り抜けることなど造作でもない。

だがそれではつまらない。

「まぁ、それでも余裕だけどな」

『自信満々ですね、マスター』

「前世で大賢者と謳われた俺を舐めてもらっては困る」

様々なゲームがある中で、まず俺が選んだのはテーブルゲーム。

ルーレットを使ったゲームだ。

「えっ、赤ちゃん?」

「ふふふ、ごめんね、ディーラーのお姉ちゃん。見ての通り赤ちゃんだけど、がっつり勝たせてもらうよ」

もちろんディーラーもバニーガールの衣装だ。

さすがに赤子相手にゲームをした経験はないようで驚いた様子だったが、俺の挑発的な言葉にディーラー魂に火が付いたらしい。

「なるほど、だったらこちらも手加減しないわ。後で泣いてもおっぱいはあげられないから、そのつもりでね」

「お姉ちゃんも泣かないようにね。でもおっぱいは欲しい」

そして三十分後。

「うわあああああああああああんっ！　また負けたああああああああっ！」

俺は泣き叫んでいた。

というのも、先ほどから連戦連敗。あれだけ大量交換したコインが、あっという間に元の半分以下になってしまったのだ。

『情けないですね、マスター。中身はキモ老人なのにそんなにギャン泣きして』

キモは余計だ、キモは。

『だって、このディーラーずるいんだぞ!?　おっぱいで視線を誘導してくるんだ！』

ルーレットは、投げ込まれた球がどこに止まるのかを予想するゲームだ。

コインは球が投げられる前からベットできるものの、そのやり方は得策ではない。

なにせ腕のいいディーラーであれば、狙ったところに球を止めることが可能だからだ。

なので、球が投げ込まれてからベットするのがいい。

ただしディーラーが「ノーモアベット」と宣言した時点でベットできなくなるため、このあたりで駆け引きが必要になる。

俺の動体視力と直観力なら、球が停止するよりかなり早いタイミングでどこに止まるかが判断できるため、他の人よりも圧倒的に有利なのだが、

『おっぱいでそれを邪魔してくるんだ！　ズル過ぎる！』

『マスターがアホ過ぎるだけかと。見なければいいだけでしょう』

『おっぱいが見えそうで見えないような状態で、見ないなんてできるわけないだろう！』

『……』

おっぱいチラ見せディーラーは、勝ち誇った顔で俺を見てくる。

「うふふ、やっぱり無類のおっぱい好きだったようね」

「な、何で分かったの？」

図星を指され、当惑する俺。

「毎日毎日客を相手にしてたら、誰がどんなタイプなのか、手に取るように分かるようになるわ。特におっぱい好きは割と多いしね」

……俺の完敗だ。

この熟練のディーラーに勝負を挑んだのが間違いだった。

『マスターの場合、誰でも簡単に見抜けるかと』

ルーレットで勝つのを諦めた俺は、泣く泣く別のゲームに移ることにした。

「バニーガールのディーラーがいるテーブルゲームはダメだ！　スロットマシンにしよう！　それならおっぱいに惑わされる心配はないはず！」

「あら、かわいい坊や。こっちで一緒に遊ばない？　おっぱいもあるわよ？」

「遊ぶううううっ!!」

「どうしてこうなった……」

大金を費やして交換したコインがゼロになって、俺は項垂れていた。

『どうしてもなにも、ディーラーのお色気にやられて大負けしたのでしょう』

「酷い！　こんなにかわいくていたいけな赤ちゃんから大金をせしめるなんて！　この賭博場に良心はないのか!?」

たった一日、いや、たったの数時間で、これまでに稼いできたお金の半分以上が失われてしまったのだ。

「これから一体どうやって食べていけばいいのか……。もはや道行く子連れ女性からおっぱいを貰うしか……」

『こんな目に遭ったにもかかわらず、まだおっぱいですか』

「人を憎んでおっぱいを憎まずっていうだろう！」

『言いません』

そのときどこからか大歓声が上がった。

一体何事かと声のする方を見ると、どうやら誰かが信じられない勝ち方をしている様子。

ポーカーテーブルの方だ。

「嘘だろ、あのテーブル、有名プレイヤーばかりが集まる超高額テーブルだぞ？　そこであんなに勝ちまくるなんて……」

「しかもまだ若い娘だぞ？」

「なんでも最初は初心者向けのテーブルにいたらしいんだが、勝ち過ぎてどんどん上級者向けに移動し、あそこまで上がってきたらしい」

「マジか。もはやビギナーズラックなんてレベルじゃないよな」

周囲がそんなふうにざわつき、野次馬が集まる中、俺は人垣の上からそのテーブルを覗き込んだ。

「うわ、すごい量のコインが積み上がってる！　って、ファナお姉ちゃん!?」

注目を浴びる中でもまったく顔色一つ変えることなく、淡々とポーカーをプレイしていたのはファナだった。

「ん、ツーペア」

「馬鹿な、ツーペアだと!?」

「くそっ、また総取りされた！　しかもあんな弱い手札で！」

また勝ったみたいだ。しかも弱い手札を強く見せるというブラフで、全員を降ろしての総取りである。

「ファナにギャンブルの才能があったなんて……確かにポーカーフェイスは得意だろうけど……。

あれ？　あっちのテーブルにいるのはアンジェじゃないか？」

同じくポーカーをしているようだ。

だが、ファナのいるテーブルと違い、明らかに初心者向けのテーブルだった。

「ふふん！　どうよ、フルハウス！」

「俺はフォーカードだ」

「えええええええええええっ!?　また負けたあああああああああっ！」

どうやらアンジェは激弱らしい。

頭を抱えて絶叫する彼女の手元には、もはやコインがほとんど残っていない。

「アンジェはすぐ顔に出ちゃうタイプだしなぁ」

どう考えてもポーカーは向いてないだろう。

しかも普段から戦略より野生の勘で戦うタイプなので、駆け引きとかも上手くない。

そのくせ負けず嫌いでもあるので、

「ああああっ、お金がすっからかんになっちゃったじゃないのおおおおおおおおっ！」

全財産を使い切ってしまったらしい。

「こうなったら借金してでも……っ！　確か賭博場の前に、金貸しがいたわよね……っ！　そこでお金を借りれば……ハァハァ」

「アンジェお姉ちゃん、ああいうのはたいてい悪徳だから。お姉ちゃんみたいな世間知らずが手を出したら、死ぬまで借金漬けになっちゃうよ」

血走った目で危うい選択をしようとしているアンジェを、俺は慌てて説得した。

「まぁいい経験だったと思って諦めよう」

「くぅぅうっ、悔しいぃぃぃいっ！」

地団太を踏むアンジェ。床が壊れそうなのでやめてほしい。

そのとき俺の耳に、客同士の会話が聞こえてきた。

「なぁ知ってるか？　この賭博場のシークレットサービスを」

「シークレットサービス？　なんだ、それは？」

「なんでも、白金貨で百枚、つまり金貨なら一万枚相当のコインを購入した者だけに案内される、特別なＶＩＰルームがあるらしいんだよ」

「金貨一万枚だと？　おいおい、そんなのよっぽどの大金持ちじゃねぇと手が出せねぇぞ」

「ああ、だからこそ、すげぇサービスって噂だ」

「具体的にはどんな?」

「それがよ、今この賭博場内はバニーの恰好した美女スタッフたちが接客してくれてるだろう?　そのＶＩＰになるとよ、なんと……」

そこで声を潜めてしまったようで聞こえにくくなったが、俺は咄嗟に魔法で聴力を強化させたので、続きをはっきりと拾うことができた。

「スタッフが全員、ストリップらしい」

な、な、な、なんだってえええええええええええっ!?

俺は思わず心の中で絶叫していた。

客同士のひそひそ話は続く。

「生まれたままの姿で給仕やディーラーをしてくれるんだ。マジでそっちにばかり集中しちまって、全然ゲームに集中できないらしいけどな」

「はは、俺もそうなる自信はあるな。むしろそうやって稼げないようにしてるんじゃないか?」

「そうかもしれねぇ」

気づけば俺は亜空間から全財産を取り出していた。

「これで足りるかな!?　足りなかったら借りよう!」

『落ち着いてください、マスター。先ほど自分で悪徳だと言ったばかりでしょう』

賭博場前の金貸しのところへ向かおうとする俺を、リントヴルムが必死に止めてくる。

「じゃあファナに借りる！　無理なら魔法でイカサマして勝ちまくる！」

『マスターには恥という概念がないのですか？』


「おめでとうございます、レウス様！　この度の交換によって、あなた様は当店のＶＩＰとなりました！」

結果的に今まで稼いできた金のほぼすべてをコインに換えれば、シークレットサービスを受けられるＶＩＰになることができた。

やはり金、金はすべてを解決する……っ！

「ＶＩＰになれば、専用のＶＩＰルームで遊ぶことができます。そこでは通常とは違う、より高品質なサービスを受けることが可能です。早速、ＶＩＰルームで遊ばれますか？」

「遊ぶ～～っ!!」

俺は即答する。

なにせこのために持ち金の大半を注ぎ込んだのだ。

今までいっぱい稼いできてよかったぁ～。

『……ただ裸の接待を受けたいがためだけにそんな額を費やすなんて、愚かとしか言いようがありませんね』

呆れるリントヴルムを余所に、俺はバニーガールに案内されて噂のＶＩＰルームへ。

「さあ、どんな絶景が広がっているのか……っ！」

目に魔力を集中させ、視力を極限まで高める。

そうして俺が見たものは、

「「「ようこそ、ＶＩＰルームへ！」」」

一般ルームの店員たちよりさらに見目麗しい女性ばかりで構成された、バニーガールたちだった。

そう、バニーガールだ。

確かに女の子たちのレベルは一般ルーム以上のようだが、衣装は細かい部分が違うだけでほぼ同じ。

「ええと……店員のお姉ちゃん？」

「はい、何でしょうか？」

「このＶＩＰルームって……店員はみんな、ストリップなんじゃゃないの？」

「……？　いえ、そんなサービスは行っていませんが？」

「は？」

や、やって……ない、だと……？

あの野郎どもっ、偽情報流してんじゃねえええええええええええええええええええええええええええええええっ!!

「嘘でしょ!?　やってない!?　でも、僕はＶＩＰだよ!?　金貨一万枚相当のコインを買った、これ以上ない太客なんだよ!?　そんなＶＩＰが希望するなら、それに応えるのがプロってもんじゃないの!?」

「は、はあ……」

いきなり大声でガチ切れした赤子に、店員が大いに困惑している。

『完全に悪質なクレーマーですね。こういう輩は客ではありません。早々につまみ出すべきでしょう』

と、リントヴルムが辛辣に訴えているが、俺はそれを無視。

「ええい、従業員じゃ話にならない！　オーナーを出せ！」

「しょ、少々お待ちください」

慌ててバックヤードに駆け込む店員。

しばらくすると小柄な老婆が姿を現した。

年齢は軽く七十は超えてそうだが、その立ち居振る舞いから、明らかにただ者ではないと分かる。

「お客様、わたくしがオーナーのマルシアでございます」

「君がオーナー？　僕はＶＩＰになれば、店員のストリップ接客を受けられると思って、それで大金を注ぎ込んでコインを買ったんだ！　それなのに、そんなサービスはやってないっていうの!?」

「お客様、ご希望に添えず、大変失礼いたしました」

血相を変えた俺の訴えに、まずは丁重に頭を下げるオーナーの老婆。

まるで動揺している素振りもない様子から、これまで相当の場数を踏んできたのだろう。

「ですが、それはとても素晴らしいアイデアでございます。もし実現できれば、きっとお客様が喜んでくださるでしょう」

「それが分かっているなら、なんでやってないのさ⁉」

「はい。実はこの国の法に違反するからでございます」

「あれ？　そうなの？」

どうやらストリップでの接客は、法令で禁止されているらしい。禁制区の外は割と寛容だが、さすがに限度があるようだった。

『残念でしたね、マスター』

リントヴルムが嘲弄してくるが、しかしオーナーの老婆の話には続きがあった。

「しかしお客様第一主義をモットーとする我が店でございます。お客様のご要望とあらば、全力でそれに添うのが我らの使命でございます」

「えっ？　ということは……」

「これより特別に、ストリップでの接客をいたしましょう。無論このことは絶対に他言無用でございます」

マジで⁉　やってくれるの⁉

うひょおおおおおおおおおおおおおおおおおおおおおおおっ！

やっぱ何でも言ってみるもんだよね！

『……こういう輩を甘やかすからクレーマーが付けあがるのです』

いやいや、俺はクレーマーじゃない、ＶＩＰだ！

ＶＩＰ最高！　いっぱいお金使ってよかった〜っ！

「では、とくとご覧あれ」

大興奮の俺の目の前で、老婆はそう力強く告げると、なぜか自分の着ていた衣服に手をかけ、

バリバリバリッ!!

一瞬で破り捨てた。

現れたのは、老婆の皺くちゃの裸体である。

「このわたくし自らこの姿で接客して差し上げましょう」

「違う違うそうじゃねえええええええええええええええええっ!!」

俺は踵を返すと、全力でＶＩＰルームから逃走した。

第四章　サムライ少女

砂漠の国エンバラを後にした俺たちは、再び魔導飛空艇で東を目指していた。

「はぁ、マジで酷い目に遭った……うっ、思い出したくないのに、また脳裏にあの老婆の裸体が……」

操舵室でぐったりしながら俺はぼやく。

『なぜ逃げたのですか、マスター？　大金を投じてまで見たかった光景だったのでしょう？』

「逃げるに決まってるだろう！　あんなの大金を積まれても見たくない！」

あの後、俺はすぐに大量のコインを現金に戻した。

現金への換金の際には、手数料を20パーセントも取られるので、何にもしていないのに大損である。

「ていうか、こんないたいけな赤ちゃんの前でいきなり裸になるオーナーとか、ヤバ過ぎるだろう」

『ご自身がクレームをつけてまで望んだのでは？　ついでにヤバさで言えば、中身が老人なのに赤子のフリをしているマスターには及びませんよ、きっと』

あの一件は完全にトラウマだ。もう街にはいたくないと思い、さっさと旅を再開することにしたのだった。

そもそも東方が目的地であり、ルートの途中でたまたま立ち寄っただけなのだ。

ちなみにそろそろ出発するつもりだと知らせると、出発の前にエレオーネがわざわざ見送りに来てくれた。

もう少し街にいてくれてもいいのにと引き止められそうになったが、丁重にお断りさせてもらった。

「ん、十分楽しんだ。早く東方の剣技を知りたい」

賭博場で大勝ちしたファナは上機嫌で、今か今かと到着を待っている。

「うぅ……無一文になってしまったわ……」

対照的に惨敗を喫したアンジェは、持ち金がすっからかんになって意気消沈したまま。

「我は酷い目に遭った。だが興味深い体験ではあった。人間の仕事というのは、非合理な部分が多いのだな」

店員と間違えられたリルは、その圧倒的な身体能力で普通の店員の数十倍もの仕事をしたという。

しかも一人だけ種類の違う獣耳だったため目立ったせいか、客からの評判もよく、気づけば人気店員となっていたそうだ。

……実際には店員でも何でもなかったわけだが。

最終的にそれが発覚して大いに驚かれたものの、賭博場の責任者だという人物から正式な店員にならないかと口説かれたらしい。

もちろんあの変態服脱ぎババアのオーナーである。

『脱がせたのは変態乳好きジジイのマスターでしょう』

そうこうしているうちに飛空艇は砂漠を抜けた。

さらに進むと、瑞々しい緑が広がる一帯に。

ただの草原ではない。奇麗に区画整備されていて、明らかに人工的なものだ。

「田んぼだね」

「たんぼ？」

ファナが首を傾げる。

「東方ではお米と呼ばれる穀物が主食なんだけど、それを育ててるのが田んぼなんだ」

「へえ、絨毯みたいで奇麗ね！」

大地を覆い尽くす緑の絨毯に見入るアンジェ。

「にしても、こんなに広大な田んぼ、どうやって作業してるんだろ？」

田んぼはずっと先まで続いていた。

その途中途中に集落らしきものがぽつぽつと見えるが、明らかにその程度の人員で管理できる規模ではない。

かつて俺がこの地に来たときも田んぼはあったが、ここまでの規模ではなかったはずだ。

「あそこ、なんか動いてるわよ」

「ほんとだ。……何だろう？　しかもよく見たら人が乗ってる？」

車輪のついた大型の物体が、ゆっくりとまだ開墾前と思われる土の上を移動していた。

不思議なことに、それが通ったあとの土が明らかに耕されている。

普通は人力か、もしくは牛や馬を利用するものだが、どうやらあの謎の道具を使って未墾の土を耕しているようだ。

その速度は、人力はもちろん、牛や馬を利用するよりずっと速い。

『魔道具の一種でしょうか』

「そうかもしれない」

当時の東方は魔法の後進国で、魔法を妖術と呼んで忌み嫌うほどだったんだがな。

さすがに千五百年以上が経ち、西方との交流も盛んになる中、魔法についての理解も進んだのだろう。

そうこうしている間に街が見えてきた。

「あれが東方最大の国、エドウだね」

エドウは千五百年前にはなかった国だ。

そもそも当時の東方地域は血で血を洗う戦乱の世で、武将と呼ばれる各地の領主たちが、覇権を巡って激しい争いを繰り広げていた。

エドウは前世の俺の死後、一人の武将が一帯の統一に成功し、生まれた国だという。

「だから現在でもこの国の統治者のことは、将軍って呼ぶみたいだよ」

街の近くの空に飛空艇を停止させると、昇降機を使って地上へ。

そこには東方特有の街並みが広がっていた。

瓦という特殊な建材を屋根に敷いた、エキゾチックな木造家屋。人々は西方とは違う、いわゆる和服と呼ばれる衣服に身を包み、男の多くはちょんまげ頭だ。

「ぶふっ、何よ、あの変な頭！」

アンジェがちょんまげを指さし、噴き出している。

「アンジェお姉ちゃん、笑っちゃダメだよ。今の人はただの町人だから大丈夫だろうけど、もしサムライだったらいきなり斬りかかってくるかもしれないよ。彼らはプライドがとても高いからね」

「そしたら返り討ちにしてやるわ！」

「完全に迷惑外国人じゃん……」

行き交う人々の中には、腰に剣を提げている人も少なくなかった。

西方にはない、やはり独特なタイプの剣で、「刀」とも呼ばれている。

一般の人でも剣を嗜み、街の至るところに「道場」が存在しているという。幼い頃から厳しい訓練を積んでいるため、東方の剣士は非常に強いことで有名だった。

「ん、戦ってみたい。その道場というのに乗り込めばいい？」

「道場破りみたいなことしないでよ、ファナお姉ちゃん？」

それにしても人や街並みは、あまり当時と変わっていないみたいだ。

もちろん戦乱の世が終わって、平和にはなっただろうが――


ガシャンガシャンガシャンガシャン！


――身の丈二メートルほどの金属人形が、すぐ近くを通り過ぎて行った。

『……あまり当時と変わっていないようですね』

「いやいやいや、全然違う！　なに今の!?　当時あんなのいなかったんだが!?」

金属人形はどうやら荷車を曳いているようだった。

荷車には商人らしき男も一緒に乗っているが、あの金属人形を操縦しているという感じではない。

道行く人たちには日常的な光景なのか、この金属人形に驚く様子はなかった。

そのとき近くの家の門がウイイイインという音と共に開いた。

「では行ってくるでござる」

「行ってらっしゃいませ」

仕事に出かける夫を妻が見送るという微笑ましい光景だが、夫は徒歩ではなく、謎の物体の上に跨っていた。

ブルンブルンブルンブルンッ、ブルルルルルルルルッ!!

馬に似た形状をしているが、前後に二つの車輪がついたそれは、そんな轟音を響かせながら勢いよく門から飛び出す。

夫を乗せ、あっという間に遠くに行ってしまった。

さらに足腰の悪い老婆が動く椅子に乗って目の前を通り過ぎていったかと思うと、今度は大勢の子供たちを乗せた巨大な箱が通り過ぎていく。

「こんな光景、知らないよ!?」

俺たちが驚いていると、一人の老人が話しかけてきた。

「お前さんたち、もしかして西の人でござるかの?」

「ん、そう」

「はっはっは、驚いたでござろう?　わしは古い人間じゃからの、その気持ちはよく分かるでござる。最近はどんどん便利なものができてきて、驚かされてばかりじゃ。若い連中は当然のように利用しておるがのう」

どうやらこの変化はそう昔の話ではないらしい。

「あれらはすべて〝カラクリ〟と呼ばれるものでござるよ」

「カラクリ?」

「うむ、元々はもっと簡単な仕掛けで動くような、安っぽいものだったんじゃがの。ここ最近はどんどん理解を超えたものが作られているでござる」

ちょっとした仕掛けで動く人形や楽器で、祭りや催し物などで披露され、人々を楽しませてくれていたのがカラクリと呼ばれるものだったそうだ。

それが急激に発展し、力仕事ができる大型の人形や、人を乗せて運べる乗り物、さらには田畑を簡単に耕せる道具などまでもが作られるようになったという。

「え、じゃあ、あの空から見たやつもカラクリだったってことか!」

俺が驚いていると、突然、老人が叫んだ。

「って、赤ん坊が喋っておるうううううっ!? い、いや、そんなはずはござらぬ。となると……なんと、ついに喋るカラクリまで作られるようになったでござるか」

俺までカラクリだと思われてしまった。


エドウ国ではここ数十年で、一気にカラクリと呼ばれる道具が発展し、普及するようになったという。

その進歩は目覚ましく、今や日常生活の中で当たり前のように使われているそうだ。

特に、自動で洗濯をしてくれるカラクリ、食品などを自動で温めてくれるカラクリ、自動で掃除をしてくれるカラクリ、この三つは三種の神器として、各家庭に一台ずつは必ずあるのだとか。

「なるほど、これがその洗濯用カラクリか」

エドウの街中にカラクリを販売している商店があったので覗いてみたところ、大きな箱型の道具がずらりと並んでいた。

この箱の中に汚れた衣類を突っ込んで蓋を閉めると、自動で奇麗に洗ってくれるというのである。

『見た感じ魔道具とは少し性質が異なるようですね』

『そうだな。魔道具は魔法を利用した道具だが、見た感じこれはそうじゃない。動力源も魔力ではなさそうだ』

リントヴルムの指摘に頷く。

例えば俺が作った魔道具の中にも、洗濯や掃除をしてくれるものがあって、それぞれ水の魔法や風の魔法を利用していた。

だがこの洗濯用カラクリには、魔法を発動するための魔法陣がどこにも刻まれていないのだ。

『魔道具っていうより、むしろ〝機械〟って言った方がいいかもしれない』

『機械ですか？』

『ああ。魔法は強引に物理法則を捻じ曲げるものだが、機械はむしろ物理法則に則ったものだ。ある意味、魔法よりも難しいかもしれない』

魔法そのものがあまり発達していない地域なので、こうした独自の発展を遂げたのだろう。

もちろん魔道具だって、必ずしも物理法則を無視しているわけではない。

というのも魔法だけで目的を達しようとすると、より複雑な魔法陣が必要で、しかも膨大な魔力を要求されてしまうからだ。

例えば俺が作った魔導飛空艇も、空気抵抗や揚力を考慮することで、省エネを実現しているのである。

『外から水を入れて、中身をぐるぐる回転させる仕組みか。回転はどうやって起こしてるんだ？外から見てるだけじゃ分からないな。分解しちゃダメだよな、これ？』

『絶対ダメでしょう。売り物ですよ』

『じゃあ買えばいい』

カラクリの仕組みが気になった俺は、洗濯用カラクリを一台、購入することにした。

……のだが。

「申し訳ありませんが、このような貨幣は当店では扱えません」

店員に怪しい者を見るような目でそう言われてしまった。俺が赤子だからというのもあるだろうが。

「そうか！　西方とは使っている貨幣が違うんだった！」

俺は思わず頭を抱える。うっかりしていた。

「え、この国じゃお金を使えないってこと？」

「そうなるね。まぁアンジェお姉ちゃんはどのみち無一文だけど」

「うるさいわね!?」

そういえばかつて来たときも困ったのだ。

ただ、今は西方と交流もあるので、どこかで貨幣の両替ができるはずである。

「何かを売ってお金にするという手もあるけどね。西方の物品となると、それなりの高値がつくと思う」

店を後にした俺たちは、ひとまず両替ができる場所を探すことにした。

役所なんかがあればいいのだが……。

突然、大歓声が響き渡った。

「「「うおおおおおおおおおおおおおっ!!」」」

ちょっとした空き地に人が集まっているようだ。何かのイベントだろうか？

「他に拙者に挑戦する者はおらぬでござるか！」

群衆の向こうで声を張り上げていたのは、一人の長身少女。東方人らしい艶やかな黒髪の持ち主で、ファナやアンジェとそう年齢が変わらない印象だ。

その長い黒髪を頭の後ろで一本に結わえ、男性モノと思われる着物を身に纏い、腰には刀を提げていた。

「拙者に勝つことができれば賞金一千万圓でござる！　腕に覚えのある者はおらぬか！　参加費はたったの千圓でござるよ！　勝てばなんと、一気に一万倍でござる！」

どうやらああやってお金を稼いでいるらしい。

「一千万圓って多分、結構な大金だよ。だってあの洗濯用カラクリで五千圓だったし」

「ん、面白そう。やってみる。お金も入って、一石二鳥」

早速、東方剣士と手合わせできる機会がやってきたと、ファナが嬉々として挑戦を志願する。

「わたしが戦う」

「ほう？　おぬし、見たところ西方の剣士でござるか。ふふっ、なかなか面白そうな相手でござる」

サムライ少女が不敵に笑う。

「参加費は千圓でござる」

「あ」

「どうしたでござる？」

「こっちのお金がない。……後払いでもいい？」

そうだった。そもそも俺たちはこの国のお金がないため、両替に行こうとしていたところなのだ。

「いやいや、さすがにそんな特別扱いはできぬでござるよ。信用できるかも分からぬし」

やれやれ、と肩をすくめるサムライ少女。

「大丈夫、必ず払う。一千万圓から」

ファナのその言葉に、サムライ少女の片眉がピクリと動く。

「……それはどういう意味でござるか？」

「ん、絶対に勝つから、一千万圓が手に入る。だから問題ない」

ふっ、とサムライ少女は微かに笑ったが、しかし明らかにその目は笑っていなかった。

「拙者に絶対に勝てる？　随分と舐めてくれるでござるな？　言っておくが、こうして腕に覚えのある者と戦うこと、すでに五十戦。拙者はまだ一度たりとも負けたことがないでござる」

「相手が弱かっただけ。わたしは負けない」

「っ……言ってくれるでござるな……」

サムライ少女はわなわなと怒りで全身を震わせた。

サムライというのは非常にプライドが高い生き物だが、それは目の前の少女も例外ではなかったらしい。

「ならば特別に勝負してやるでござるよ！　ただしおぬしが負けたら、逆に一千万圓を支払ってもらうでござる！」

「ん、望むところ」

彼女たちのやり取りに観衆が沸いた。

「こいつは面白れぇ展開になってきたぞ！」

「東方剣士対西方剣士！　しかもどっちも美少女だ！」

「おい、嬢ちゃん！　負けるんじゃねぇぞ！　サムライ魂を見せつけてやれ！」

周囲が大いに盛り上がる中、ファナとサムライ少女は、空き地の中心で剣を構えながら向かい合う。

俺たちからすると好都合な展開だった。

なにせファナがあのサムライ少女に勝てば、わざわざ両替などしに行かなくても、一気にまとまったお金が手に入ることになるのだ。

「拙者はカレン。この名を胸に刻んでおくがよいでござる。おぬしに敗北の苦さを味わわせるサムライの名でござるからな」

「ん、ファナ。負けて泣くのは、そっち」

バチバチと火花を散らし合う二人。

「どれ、ワシが合図をしてやるぞい！」

観衆の一人がそう出しゃばると、足元に落ちていた石を拾い、二人の中心に向かって弓なりに放り投げた。

それが地面に落下した瞬間、東西の若き女剣士たちが同時に地面を蹴る。

「シッ！」

サムライ少女カレンは、鞘から刀を抜き放ちながらの一閃を繰り出す。

鞘の内側で刃を滑らせたからか、目にも留まらぬ速さの斬撃だ。

「ふっ！」

しかしファナの斬撃の速さも負けてはいない。

腕だけでなく身体全体を使うことで超加速するそれは、並みの剣士が相手ならあっという間に胴体を輪切りにしているだろう。

ガキイイインッ!!

両者の剣と剣が激突する。

「「うわっ!?」」

巻き起こった衝撃波を浴びて、何人かの観衆がひっくり返った。

「ほう、やるではないか！　拙者の剣を受け止めるとは！　ただの自信過剰の小娘ではなかったでござるな！」

「それはこっちの台詞」

そこから激しい攻防が繰り広げられた。

二人の剣と剣がぶつかるたびに衝撃波が観衆を襲ったが、

「いいぞ、嬢ちゃんたち！」

「こいつはすげぇ戦いだ！　路上でこんなもんが見れるなんてなぁ！」

「昼間っから酒が進むぜぇ！」

衝撃波をまともに浴びて吹き飛ばされても、気にせず嬉々として歓声を上げている。

この手の斬り合いに慣れているのかもしれない。

「やるわね、あの東方娘。ファナとまともに斬り合えるなんて。大金を賭けて路上ファイトしてるだけのことはあるわ」

感心しているのはアンジェだ。

「そうだね。ただ……幸い一千万圓は確実にゲットできそうだよ」

幾度も斬り合う東西の剣士たち。ただ、当初は互角に見えた二人の戦いだったが、次第に実力差がはっきり見えてくるようになった。

「ぐっ……」

「ん！」

二人の表情の差からもそれは顕著だ。

明らかに焦った様子のカレンに、相変わらず無表情のファナ。

「思った通りだね」

俺が予想した展開そのままだった。

「確かに剣の実力だけならそう大きく変わらないかもしれない。でも、あのサムライのお姉ちゃんとファナお姉ちゃんじゃ、経験値が違い過ぎる」

どちらも見慣れない剣技を使っているため、その点での条件は同じ。

Since my previous life was a wise man I can afford to live
生まれた直後に捨てられたけど、
前世が大賢者
だったので
余裕で生きてます
〈5〉
九頭七尾
Illustration 鍋島テツヒロ
初回版限定
封入
購入者特典
特別書き下ろし。
巨貧論争
※『生まれた直後に捨てられたけど、前世が大賢者だったので余裕で生きてます⑤』をお読みになったあとにご覧ください。
EARTH STAR NOVEL

「せっかくだから何かカラクリでも作ってみよう！」

東方の最大の国、エドウで学んだカラクリ技術。それを活かして、俺も何かを作ってみようと思い立った。

ひとまず基本からということで、挑戦したのは古典的なカラクリ人形。その名も、

「カラクリ美女フィギュアだ！」

十センチほどのサイズながら精巧な人形で、絶世の美女と言っても過言ではない形容だ。

もちろん爆乳の持ち主。そもそもモデルはこの国の将軍、徳山家隆なのだ。

「人間の柔肌そっくりの素材で作ったから、感触まで楽しむことができる……ぐへへへ……」

『キモ過ぎです、マスター』

当然ながらちゃんとカラクリ機構もある。俺は背中のボタンを押した。

次の瞬間、将軍が一糸まとわぬ姿へと早変わり！

「服が自動的に剝ぎ取られるのだ！」

『……なんとくだらない』

「さらにこっちのボタンを押すと……自動で振動し、おっぱいが揺れる！」

『もはやツッコむ気にもならなくなりました』

と、そこで俺はハッとした。

「これを等身大で作ったら……いつでも将軍のおっぱいを疑似堪能できるのでは!?」

もしや俺は天才ではなかろうか。

そんなことを考えていたら、どうやら平賀源子の研究所で、すでに似たような代物が作られているという情報を得た。

「ぜひとも後学のために見に行かねば！」

というわけで、即行で研究所へ。

「美女の姿をした人間サイズのカラクリ人形なら、確かにうちで作っとるで」

子供にしか見えない平賀源子が、自慢げに教えてくれる。

「簡単に言うと、疑似性交用の人形やな。あらか

じめ録音しておいた喘ぎ声を出したり、人間らしい体温を再現したり、唾液や愛液を出したり、色々なカラクリを搭載しとるで。赤子にはまだ随分と早い話かもしれへんけど。いや、じぶんは西方のカラクリ人形やったか」

「すごい、そんなことまでできるんだ！」

「つい最近、最新型を発売したばかりやけど、びっくりするほど売れとるで。お陰で性犯罪がごっそり減った半面、独身男たちが全然結婚せえへんなったたっていう弊害も出とるけどな。娼婦も商売あがったりやろう」

ちなみに簡単な受け答えまでできるという特注品もあるらしい。一体で一千万圓以上するとのことで、庶民にはとても手が出る金額ではない。

「ど、どんな感じか、見せてもらってもいい!?」

「別にええけど」

そうして源子に案内されたのは、カラクリ人形がずらりと並んで置かれた部屋だった。どうやら完成済みの商品を、ここで梱包して出荷しているらしい。

全部で五タイプあるが、どれも本当に人間の美女を忠実に再現していた。死体かと間違えてしまいそうである。……どこかに捨てられていたら、肌触りも弾力性も、本物の人間そっくりだ」

「すごい、肌触りも弾力性も、本物の人間そっくりだ」

感動すら覚える。ぜひとも一体欲しいところだが、一つだけ残念を通り越して、もはや致命的と呼べるレベルの欠点があった。

「何でどれもこれも胸が小さいの？」

そう。どの人形も胸がほとんど平らなのである。

「あ？　じぶん、何か不満なんか？」

俺の指摘に、なぜか急に憮然となる源子。

「そりゃそうでしょ！　だっておっぱいは大きければ大きいほどいいんだから！　疑似性交用ならなおさらだよ！」

「しゃらあああああああああああっぷっ!!」

「ふぁっ!?」

いきなり絶叫した源子に俺は面食らった。

「胸は小さい方がええに決まっとるやろおおおおおおおおおおおおおっ!!」

……なるほど。どうやらこいつは俺の天敵中の天敵、貧乳派だったようだ。

というか、そもそも彼女自身が貧乳だ。自らが胸の小ささにコンプレックスを持ってるからって、それを人形たちにまで強要するなんて、なんと卑しい貧害だろうか。卑しいのは胸だけにしておいてほしい。

「どう考えても大きい方がいいでしょ！　赤ちゃんが言ってるんだから間違いない！　大きな胸に包まれながら母乳を飲むからこそ、安心することができるんだ！」

「じぶんみたいなんが赤子代表みたいな顔するんやないわ！　普通の赤子は、母親の胸の大小なんか気にしとらへん！　そんなことより大事なのは清潔感や！　巨乳なんて卑猥にもほどがある！　それに比べて慎ましい胸の品のよさときたら！　比較にもならへんわ！」

互いに一歩も譲ることなく、己の正しさを主張し合う。

「どう考えても巨乳こそ至高！」

「小さい方がええに決まっとる！」

「よくない！」

「ええやろ！」

「ばーかばーか！」

「あほあほあほ！」

「この貧害！」

「老害みたいに言うなやクソ赤子おおおおおおっ！」

時には互いを醜く罵倒しながら、論争を繰り広げること数時間。しかし結局、最後まで両者とも頑として自説を曲げず、喧嘩別れに終わってしまったのだった。

『……なんと不毛な言い争いでしょうか』

ただ、そんな未知の相手への対応力が、両者で大きく違うのだ。

あのサムライ少女もそれなりに場数を踏んできたようだが、似たような剣士ばかりと戦ってきたのだろう。

一方のファナは、剣士どころか別の武器を扱う相手や、魔法を使う相手とも戦ってきたし、さらには色んな魔物も倒してきた。

そのためサムライ少女の剣を見切って対応できるまで、そう長くはかからなかったのだ。

「あの銀髪の嬢ちゃん、なんて強さだ！」

「おいおい、サムライの嬢ちゃん、押されてるじゃねぇか！　俺はあんたに五千圓も賭けちまったんだ！　しっかりやれよ！」

「負けんじゃねぇぞ！　サムライの意地を見せてやれ！」

そんな野次が飛び交う中、このままでは分が悪いと思ったのか、カレンはいったん距離を取って、

「まさか、拙者が押されるとはっ……不本意だが、この技を使うしかないでござるなっ！」

何やら大技を繰り出すつもりらしい彼女は、独特な姿勢で刀を構えた。

「柳生心念流・迅雷」

直後、カレンの姿が掻き消えたかのように見えた。

「へえ、縮地みたいな技がこっちにもあるんだね」

一瞬で彼我の距離を詰める特殊な技術、それが縮地だ。カレンが見せたのは、まさにこれとよく

似た技だった。

普通の相手ならこれで不意打ちを喰らって終わっていただろう。

「なっ!?」

カレンが目を見開く。

なにせ絶対に回避不可能と思われた彼女の剣が、空振りしてしまったのだ。

ファナの姿はカレンの頭上にあった。

「ん、どんな攻撃か分からないなら、とにかく避ければいい」

観衆がそれに気づいて声を上げる。

「そ、空に浮かんでいるぞ!?」

「まさか飛べるのか!?」

「何かのカラクリか!?」

もちろん風魔法で飛んでいるだけだ。

魔法があまり一般的ではないこの国では、どうやらすぐには分からないらしい。

「これは魔法」

「魔法だとっ!?　おぬし、魔法を使えるでござるか!?」

「ん」

「つ、つまり今まで、その魔法を温存して戦っていたというのでござるか……」

サムライ少女としてはショックだっただろう。なにせ剣のみの戦いで自分と互角以上だった相手が、実はただの剣士ではなく、魔法剣士だったのだ。

「そろそろ、勝負を決める」

ファナが全身に風を纏う。

先ほどまでも十分高い敏捷力を有していたが、こうなると速度は二倍、いや、それ以上だ。

「っ、見えっ――」

一瞬でもファナの姿を見失ってしまったサムライ少女には、もはやどうすることもできなかった。

ガキンッ、という金属音が響いたかと思うと、少女の手から刀が宙を舞い、くるくると回って地面に突き刺さる。

同時に彼女の背中には、ファナの剣先が突きつけられていた。

「わたしの勝ち」

「……ま、負けたでござる」

がっくりとその場に膝をつき、己の敗北を認めるサムライ少女。

「あああっ、負けちまったああああああっ！」

「俺はお前に賭けてたんだぞ!?　金返せ！」

「そうだそうだ！　金返せぇぇぇっ！　サムライの恥さらしめ！」

賭けは自分たちが勝手にやっていたものだろうに、観衆から容赦ない非難の声が飛ぶ。

そんな彼らに、ファナは珍しく少し憤慨した様子で提案した。

「ん、なら、取り戻せばいい。わたしに勝てば、一千万圓」

「うぐっ……」

「いつでも相手になる。どうする？」

「そ、そうだ、俺は用事があったんだ！」

「俺も俺も！」

「早く戻らないと！　というわけで、嬢ちゃんと戦うのはまた今度だ！」

急に態度を変えた観衆たちが、蜘蛛の子を散らすように去っていく。どうやら誰にでもサムライの矜持があるってわけではないようだ。

観衆たちが逃げるように去っていった後も、カレンは項垂れていた。

「まぁまぁ、サムライのお姉ちゃん、元気出して。いい勝負だったと思うよ」

「……あれほど自信満々に勝利宣言しておきながら、無様な敗北を喫するなど、サムライの面汚しの極みでござる……」

やはりプライドの高いサムライにとって、素直に負けを受け入れるのは難しいようだ。

しかも相手は同じくらいの年齢の西方の剣士である。

「こうなったらもはや、切腹して汚名をそそぐしかあるまい！」

「え？」

「武士道とは死ぬこと見つけたり！」

そう叫び、懐から取り出した短刀の刃を自らの腹に突き刺そうとする。

「ん、ストップ」

ファナが自らの剣でその短刀を弾き飛ばした。

「くっ、死なせてもくれぬでござるか!?　おぬしには武士の情けというものがないのか!?」

「お金」

「……へ？」

「死ぬのはいい。ただ、約束のお金」

あ、死ぬのはいいんだ……。

切腹を止めたのは、あくまで一千万圓を回収するためだったらしい。

「そ、そうでござったな……うむ……い、一千万圓でござるよな……ええと、少々待つでござるよ？」

自らの腹を掻き切ろうとした先ほどの勢いはどこへやら、カレンは急に目を泳がせ、声を上ずらせる。

「え、ええと、千……二千……三千……」

そして額にびっしょり汗を滲ませながら、紙幣をゆっくり数え始めた。

この国では硬貨だけでなく、紙のお金も使われているのだ。

「二万二千……二万三千………」

恐らく参加費で稼いだものだったのだろう、二十三枚目まで数えたところで、紙幣がなくなってしまう。

いやいや、全然足りてないじゃん……。

「ん、一千万圓」

ファナが容赦なく催促する。

するとカレンは両手両膝を地面について、涙ながらに謝罪した。

「ももも、申し訳ないでござるうううううううううううううっ!!」

おっ、本場の土下座だ。

西方でもたまに使われていたが、土下座は元々この東方の文化なのである。

「拙者、負けるはずがないと高を括って、一千万圓は用意していなかったのでござる!」

「でも、負けた」

ただの敗北よりもよほど恥ずかしい事態だ。

「だから切腹して逃げようとした？」

「ぎくっ!?」

ファナの指摘に、あからさまな動揺を見せるカレン。

図星だったらしい。汚名をそそぐとか武士道とか、大それたこと言ってたのに……。

　カレンはさらに額が地面にめり込むほど頭を下げた。

「すべては拙者の惰弱な心が招いたこと！　もはやサムライを名乗るも不相応！　今度こそっ、今度こそ腹を切って詫びるしかないでござるっ！」

「いいから、お金。一千万」

　ファナはやはり容赦ない。

　ついに観念したように、カレンは言った。

「……………ごめんなさい、払えないでござる」


「拙者、生まれてからこの方ずっと田舎の村で育ち、つい最近、武者修行のために都会に出てきたのでござる。ただ、旅で路銀が枯渇し、剣の腕には自信があったでござるから、ああしてお金を稼いでいたでござる」

「一千万圓も持ってないのに、それで対戦相手を釣ってたってわけね」

　アンジェが呆れたように言うと、カレンは素直に頷いた。

「一度あまりに人が来なかったでござるから、試しにやってみたら面白いように上手くいって……調子に乗って、それ以来ずっとそうしていたでござる」

「だけどサムライのお姉ちゃん、調子に乗るのも分かるな。だってファナお姉ちゃん相手に、途中まで互角にやり合ってたし。田舎で剣を習ったの？」

「そうでござる。実は拙者の剣の師が、かつて将軍の剣術指南役にまで上り詰めた凄腕の剣豪なのでござるよ。引退して故郷に戻ってきた先生に、幼い頃から剣を教わったのでござる」

将軍というのはこの国の王様だ。

そんな人物に剣を教えるとなれば、相当な腕前なのだろう。

「って、赤子が喋ってるでござるうううううっ!?」

みんな気づくのが遅いね。

「い、いや、カラクリでござるか。都会にはこれほど精巧に赤子を模した人形があるとは……しかも会話までできるなんて……」

そしてやはり俺をカラクリだと勘違いしている。

カラクリが発展しているこの国では、喋る赤子である俺は高度なカラクリ人形だと思われてしまうようだ。

『喋る人形より喋る赤子の方が珍しいというのも、不思議な話ですね』

喋る杖であるリントヴルムが興味深そうに言う。

「ん、違う。師匠はほん――」

本当のことを説明しようとしたファナを遮り、俺は叫んだ。

「ソウダヨ！　ボク、カラクリ赤チャン！」

「ううむ、やはりカラクリでござったか。しかし本物にしか見えぬでござるな。先生から少し話は聞いていたが、都会のカラクリには驚かされてばかりでござる」

カレンは驚いたように唸る。

『マスター、まさかカラクリのフリをする気ですか？』

『せっかく勘違いしてくれてるんだ。乗らない手はないだろう』

『別にそんなこともないかと』

俺は愛くるしい笑顔でカレンに訴えた。

「イッパイ、抱ッコ、シテクレタラ、嬉シイナ！」

『やはりそれが目的ですか……』

こんなにかわいい赤子だというのに、なぜか喋ると気味悪がられることが少なくなかった。

そのせいで抱っこ拒否の悲劇に遭うこともあったのだ。

『やはりジジイ臭が外にまで滲み出ているからでは？』

だが喋るカラクリ人形として受け入れてもらえるなら。

抱っこされ放題だぜやっほおおおおおおおおっ!!

『この邪悪な念、完全に呪いの人形ですね。しかしマスター、この娘、あまりマスターの好みには見えませんが？』

『ふっふっふ、リンリンの目もなかなか節穴だな』

『……イラッ』

このサムライ娘、一見するとそれほど胸が大きいようには思えない。

だが俺の心の目ははっきりと見抜いていた！

目の前の少女は胸部に布のようなものを巻きつけて、その豊満な乳房を強引に押さえ込んでいるということを！

『……さいですか』

「サア、オ姉チャン、怖クナイカラ、僕ヲ抱ッコ、シテゴラン」

「そんなことより、お金」

そんなことより!?

ファナが横から割り込んできた。何が何でもお金を取り立てないと気が済まないらしい。

……まぁいい。

今は胸を押さえ込んでいる状態だし、抱っこされても意味がない。

「も、もちろん払うでござる！　ただ、今すぐに全額というのは難しいでござる……だ、だから少し待ってほしいでござるよ！　一週間！　いや、五日あればどうにかできるはずでござる！」

一千万圓はそう簡単に用意できる金額ではないが、どうやって稼ぐつもりだろうか。

「逃げる？」

「に、逃げないでござるよ！　サムライの誇りに賭けて、絶対に支払うと約束する！」

「信用できない」

ファナは疑いの目を向けている。

「ファナお姉ちゃん、いいアイデアがあるよ」

「師匠？」

「僕たちこの国に来たばかりだし、分からないことも多いよね。だからこのサムライのお姉ちゃんに案内してもらおうよ。近くにいれば逃げられる心配もないよね」

「ん、なるほど。でも、お金は？」

「とりあえず手持ちの二万三千圓は貰っておくとして、残りは相応の働きで支払ってもらおうよ。たぶんこの国にも冒険者ギルドみたいな組織があると思うから、一緒に依頼をこなしていけばいい」

俺の提案に、カレンが目を丸くする。

「なんと優秀なカラクリ人形でござるか!?　それは拙者としては願ってもない形！　必ず貴殿らの期待に応えられる働きをするでござる！」

「ん、師匠が言うなら」

そういうことになった。

これで隙あらばいつでもカレンの胸を堪能できるぜ……。

「ところでサムライのお姉ちゃん、その胸に巻いてるクソみたいな布は何？」

「へ？　ああ、これはサラシでござるよ。剣を振るうとき、胸が邪魔になるからと、先生に言われて巻くようにしたのでござる」

なに余計なことしてんだよおおおおおおっ!?

先生だか何だか知らんが、俺とは絶対仲良くなれない人種に違いない。

『向こうもきっとそう思うことでしょう』

第五章　妖怪退治

「ここが〝妖怪退治奉行所〟でござる」

カレンの案内で、とある建物へと連れてこられた。

「ようかい？　魔物じゃないの？」

「うむ。この国では魔物のことを妖怪とも呼ぶでござるよ」

アンジェの疑問にカレンが答える。

「この妖怪退治奉行所は、妖怪退治を専門としている奉行所でござる」

エドウ国における行政機関のことを奉行所と呼ぶらしい。

冒険者ギルドのような民間組織はないみたいだが、この奉行所が似たようなことをやっているようだ。

「魔物の出没情報などを収集して公開し、討伐者に報酬を出しているでござる。拙者も時々覗いて良い情報がないか確認しているでござるよ」

ただ、高額報酬の魔物は割とすぐに討伐されてしまうという。

近くの剣術道場なんかが訓練もかねて日頃から目を光らせていて、公開され次第、討伐に向かってしまうそうだ。

ちなみに魔物の死体を持ち帰れば、誰でも報酬を受けられるという。

奉行所内には、魔物のイラストと一緒に情報が張り出されていた。俺たちのような異国の人間には非常にありがたい。

「なになに？　河童に天狗、ぬりかべ、鵺《ぬえ》、鎌鼬……西方じゃ見かけない魔物が多いね」

「ん、小鬼はゴブリンそっくり」

「たぶん呼び方が違うだけだね」

「あいつらこっちにも生息してんのね……」

ゴブリンは繁殖力が高いからな。

他にも大蜘蛛や雪入道なんかは、イラストを見る限りでは完全にタラントラとイエティだ。

「やはり高額報酬の魔物は狩り尽くされているでござるな……残っているのは、割に合わないものばかりでござる」

場所が遠かったり、出没時間が限られていたり、報酬の割に討伐難度が高かったりと、労力に対して益の少ない魔物は残りがちのようだ。

この辺りは冒険者ギルドと同じだな。

「この鵺っていうのは強そうだね」

イラストによれば、猿や虎、蛇などで構成されたキメラのような魔物だった。

「鵺は強敵でござるよ。霞を引き起こし、姿を隠すという特殊な能力を持つため、神出鬼没の魔物でござる。しかも動きが俊敏で、逃げ足も速い。ゆえに高い報酬の割に、好んで討伐を試みる者は少ないでござる」

「ん、逆に狙い目」

「そうだね、ファナお姉ちゃん。一体倒すだけで五十万圓だし」

鵺の討伐報酬は五十万圓で、他の魔物の報酬と比べても破格のものだった。

「何か作戦でもあるでござるか？」

「そうだね。まぁ僕に任せておいて」

「相当な自信があるようでござるな……。ならば、拙者も否やはない。貴殿らに従うでござる」

というわけで、俺たちは鵺の目撃情報があった場所へとやってきた。

昼間でも薄暗い、山の中の峠道である。

「どうやって鵺を見つけるでござるか？」

「索敵」

俺は索敵魔法で周囲の様子を探った。

すると峠道から逸れて数百メートルほどのところに、明らかに強い魔力の塊を感じ取ることができた。

「多分こっちだね」

「まさか、鵺の居場所が分かるでござるか……？　そんな能力まであるとは……最新のカラクリは本当に凄いでござるな……」

カレンは相変わらず俺のことをカラクリ人形だと思っているようだ。

「リルは何か感じる？」

「うむ、少し臭う気がする。複数の獣臭が混じり合ったような臭いだ」

リルの鋭い嗅覚もまた、高い索敵性能を持っているのである。

俺たちは峠道を逸れ、森の中に足を踏み入れた。

「お？　こっちの接近に気づいたかな」

「その可能性は高い。臭いに微かな緊張が混じった」

周囲には霞が立ち込めてきていた。鬱蒼とした薄暗い森の中というのも相まって、非常に視界が悪い。これも鵺の仕業だろう。

風魔法で霞を吹き飛ばしてやる。視界が晴れた。

すると十メートルほど先に生えている木のすぐ傍に、もやもやとした雲の塊のようなものがあった。

「あれだね。まだ霞を出して姿を隠してるみたい」

隠れても無駄だと理解したのか、すぐに霞の奥から鵺の姿が浮かび上がってきた。

「間違いない、鵺でござる！　本当にこんなに簡単に見つけてしまうとはっ……」

まさにあの奉行所にあったイラストの通りの姿だ。

顔は猿、胴体は狸、四肢は虎、尾は蛇のキメラで、全長は五、六メートルあるだろうか。

なお、狸は東方にしか生息していないとされる珍しい動物である。

「キイイイイイイイイッ!!」

鵺はそんな奇声じみた雄叫びをあげると、猛スピードで躍りかかってきた。

「ここは拙者に任せるでござる！　一千万圓分の働きをせねばならぬからな！」

前に出たのはカレンだ。

「鵺は神出鬼没なだけでなく、戦闘能力も高い。過去に幾多の腕に覚えのあるサムライたちが挑んで、しっぺ返しを喰らっているでござるよ。だが……」

鵺がその前脚を振るい、鋭い爪でカレンを斬り裂こうとする。しかしそのときにはすでに、その場に彼女の姿はなかった。

「ッ!?」

驚く鵺の頭上だ。

「柳生心念流・滝落」

猿の頭部にカレンの刀が叩きつけられる。

その衝撃に鵺の巨体が顔から地面にひっくり返った。

「あの娘、やっぱり強いわね。一時的にせよ、ファナと互角にやり合ってたくらいだから当然だけど」

「ん、東方の剣士も侮れない」

アンジェとファナが感心する中、カレンは地面に着地し、

「強いと聞いていたが……思っていたほどではなかったでござるな」

「サムライのお姉ちゃん、油断大敵だよ」

「む？」

直後、鵺の身体から霞が噴出する。

ただの霞ではない。強い〝ぬめり〟を伴ったそれが、カレンの身体に纏わりついていった。

「っ……身体がっ……思うように動かぬでござる!?」

「あの霞、ただ身を隠すだけのものじゃなくて、あんなふうにも使えるんだね」

立ち上がる鵺。よく見るとカレンの斬撃で凹んだ頭部が、霞に覆われながら元通りになっていく。

どうやら高い再生能力も有しているらしい。

「シャアアアアアッ！」

さらに尾の蛇が身体を伸ばし、身動きを封じられたカレンに襲いかかる。

ザシュッ！

蛇の牙がカレンに突き立てられる前に、胴体を斬り飛ばされていた。

「ん」

斬ったのはファナが放った風の刃だ。

同時に彼女自身は、鵺の猿頭の目の前まで跳躍していて、首をあっさり斬り飛ばした。猿の頭が宙を舞い、地面に落下する。

「……しぶとい魔物だね」

だが鵺はそれでもまだ死んではいなかった。

頭部を失いながらも、逃走しようと森の奥に向かって走り出したのだ。

しかも濃厚な霞がその姿を覆い尽くしていく。追っ手を撒くため、全力で身に霞を発生させているのだろう。

「無駄よ」

そんな鵺の目の前に巨大な土の壁が出現し、鵺は思い切りそれに激突した。

「逃げられるとでも思ってるのかしら?」

土壁を生み出したのはアンジェだ。

何が起こったのか分からず混乱している鵺に近づいていくと、彼女は獰猛に嗤って告げるのだった。

「頭を失っても死なないなら……どこまで殴り続けたら死ぬのかしらね?」

結論から言うと、鵺はアンジェの拳の連打を浴びて割とあっさり死んだ。どうやら急所が狸の胴体の方にあったらしい。

「……拙者、意気揚々と前に出ておきながら、完全に不覚を取ってしまったでござる」

カレンは悔しそうだ。

「それにしても、アンジェ殿も相当な強さでござるな……。しかも魔法まで……」

「サムライのお姉ちゃんも魔法を使ってみたら？　望むなら教えてあげるけど」

東方で魔法の存在は一般的ではないが、魔法を使えないというわけではないはずだ。カレンも訓練すれば使えるようになるだろう。

しかし彼女は首を左右に振る。

「いや、拙者はサムライでござる。確かに魔法は強力かもしれぬが、剣を命とするサムライにとって、剣以外のものに頼るのは邪道でござる」

「あんた頭が固いわね！　だからファナに負けるのよ。本当の殺し合いだったら死んでたわ」

アンジェの辛辣な指摘に、カレンは「ぐぬぬ」と唸るだけですぐには言い返せない。

それでも絞り出すように、

「サムライの魂に背くようなことをするくらいなら、死んだ方がマシでござる！」

「でもお姉ちゃん、実際にはすでに魔法を使ってるんだけどね」

「……？　どういうことでござる？」

何のことか分からないという顔をしているカレンに、俺は教えてあげた。

「身体強化魔法だよ。サムライのお姉ちゃん、実は無意識のうちに使ってるよ？」

身体強化魔法。その名の通り、自分の身体能力を一時的に向上させる魔法だ。

火を出したり水を出したりする魔法と違い、魔力を属性変換する必要がないため、初心者でも使いやすい魔法である。

そのためその道を究めた剣士や格闘家などが、無意識のうちに使って身体能力を高めていた、なんてこともあるくらいだった。

「サムライのお姉ちゃんもそのタイプだね。まぁそんなに強化率は高くないけど」

「拙者が、魔法を使っていた……？」

だからこそ、ファナと互角に近い戦いができたのだろう。

ちなみにファナの方も身体強化魔法を使ってはいたが、

「かなり抑え気味だったね」

「ん、相手に合わせた。剣技で勝負したかったから」

「なっ？　そ、それはつまり、本気を出していなかったということでござるか!?」

「そう」

カレンはショックを受けたように一、二歩後ずさる。

「は、はは、ははは……どうやら拙者、井の中の蛙であったでござるな……」

「そんなサムライのお姉ちゃんに朗報だよ！」

「へ？」

「実はその身体強化魔法を、もっと高められる方法があるんだ！　今回は特別に、お姉ちゃんだけに教えてあげるよ！（ニヤリ）」


「大丈夫。ファナお姉ちゃんとアンジェお姉ちゃんもこれを受けて魔力回路が整ったお陰で強くなったんだからううんズルとかじゃないよむしろ世界中の人が受けるべき治療だと思うしそういう時代がもうすぐ来るはずだからサムライのお姉ちゃんは今すぐ受けるといいよ大丈夫痛みとかはないし受けたら世界が変わるしきっとサムライに相応しい強さを身に付けることができるというか強くなりたいのなら受けない選択肢はないでしょ勇気だよ勇気ここで勇気を見せないでいつ見せるのそんなことじゃ真のサムライにはなれないよ大丈夫お姉ちゃんならやれるよサムライの魂があればなんだってできるさあ勇気を出して飛び込んでみよう」

『勇者のときとまったく同じやり口ですね、マスター？　心なしか文言も勇者をサムライに換えただけのような気がしますし』

やり口だなんて、人聞きの悪いことは言わないでほしい。

「そ、そこまで言われたら、むしろ引き下がる方がサムライとしての名が廃る気がするでござるが……」

俺の必死の説得もあって、カレンの心が明らかに揺れ動いている。

「決してみんなにやってるわけじゃないよ？　お姉ちゃんだからこその特別だよ？　しかも今日だけだよ？」

『特別、今日だけ。どれも詐欺師の常套句ですね。しかし先ほど、世界中の人が受けるべきとか言ってませんでしたか？』

『はて？』

それでも一押しになったのか、カレンは意を決したように、

「分かったでござる！　拙者、その治療とやらを受けてみよう！」

「さすがサムライだね！　じゃあ、服を全部脱いで」

「……はい？」

「あれ、聞こえなかった？　服を全部脱いで、生まれたままの姿になってね。あ、もちろんサラシもちゃんと外すんだよ？」

「ちょ、ちょっと待つでござる!?　裸!?　裸で受けなければならぬでござるか!?」

困惑したように叫ぶカレンに、俺はあくまで「さも当然」という態度を崩さないまま、

「そうだよ。一種の医療行為だし、気にする必要はないよ」

「いや気にするでござるよ！　そういうのは先に言っておくでござる！」

「あれ？　もしかして、ちょっと気持ちが揺らいじゃった？　でもお姉ちゃん、サムライだよね？

サムライに二言はないよね？　一度やるって言ったのに、後からやっぱりやめた～なんて、サムライとしてどう？」

「カラクリ人形のくせに随分と煽ってくるでござるな!?」

『やはり詐欺師……早く捕まってください、マスター』

カレンは自棄になったように、着物の帯に手をかけ、力任せに結びを解いた。

「当然、今さら引き下がるつもりなど毛頭ござらぬ！」

サラシも無理やり剝ぎ取ると、たわわに実った双丘が露わに。

ひゃっほおおおおおおおおっ!!

やはり俺が予想していた通り、いや、それ以上の素晴らしい乳だ。

こんな尊いものをサラシで隠すよう求めた先生とやらは、どう考えても人として終わっている。

『終わってるのはマスターの方でしょう』

そうしてついに露わになった彼女の爆乳をじっくり凝視しつつ、俺は優しく訴える。

「恥ずかしがる必要はないよ。カラクリ人形の僕以外、部屋には誰もいないからね」

「言われてみればそうでござるが……しかしなぜでござろう？　先ほどから全身の怖気が止まらぬのは……」

「気のせいだよ、気のせい」

俺はカレンの魔力回路をしっかり診ていく。

「ふむふむ、特にこの辺りとこの辺と、あとはこの辺りもよくないね。じゃあ、軽く触れるよ」

魔力を指先に集中し、艶やかな肌に触れた。

「はうんっ!?　な、何でござるか、今のは!?」

「気にしないで。ちょっとした治療の副反応だから」

「いや気にするなと言われてもあんっ!?」

「大丈夫大丈夫。さあ、力を抜いて」

「ぁ～～～～～～～～～～っ!?」

治療は小一時間ほどで終わった。

「はぁはぁはぁ……ほ、本当に、こんなことで強くなれるでござるか……?」

全身汗だくで、火照った顔で呼吸を荒くするカレン。

「うん、ばっちりだよ。ただ一つだけ、注意事項があるんだけど」

「注意事項でござるか?」

「ちょっとしたことだよ。サムライのお姉ちゃん、いつも胸にサラシを巻いてるでしょ?　あれ、実はあまりよくないんだよね。魔力の循環を妨げちゃうから」

『マスター、息を吐くように嘘をつくのはおやめください』

リントヴルムがジト目で指摘してくるが、もちろん俺は華麗にスルーする。

「そうなのでござるか……?」

「そうなの！　だからあれは外しておいた方がいいよ、うん！」

「だが先生が……」

「そんなの気にしなくて大丈夫！　ていうか、胸が窮屈でちょっと苦しかったでしょ？　解放してあげた方がいいよ！」

「うむ、確かに最近また大きくなったせいか、締めつけが気になっていたが……」

結局カレンはそのまま着物を身に着けたのだった。

やったぜ！　俺はついにあの憎きサラシを排除することに成功したのだ！

これで抱っこしてもらえさえすれば、いつでもあの胸を堪能できるというわけである。


「さて、それじゃあ早速、治療の効果を試してみようよ」

「ここ、先ほどの峠でござらぬか？」

「うん、せっかくだから実戦形式がいいかなって」

「だ、大丈夫でござるか……？　まだ実感がないでござるが……」

「ん、間違いない。師匠を信じるべき」

「師匠？　この赤子、本当にカラクリ人形でござるよな……？」

「ソウダヨ？」

俺たちは再び先ほど鵺を討伐した峠道に来ていた。

実はこの峠では、複数の鵺の目撃情報があった。同じ個体という可能性もあるが、その数の多さから、少なくとも二体以上いるのではないかと推測されていた。

「さっき索敵したとき、他にもそれっぽい反応がいくつかあったんだ。だから間違いないよ。ちょっと距離があるけど。こっちだよ」

例のごとく峠を逸れて森の奥へ。

先ほどと違って少し陽が落ちかけているので、鬱蒼とした森の中はかなり暗い。

「この時間帯に山に立ち入るのは本来、自殺行為でござるが……」

カレンが少し不安そうにしているが、気にせず進んでいくと、

「いたよ。鵺だ」

「……またいとも簡単に見つけてしまったでござる」

「サムライのお姉ちゃん、リベンジだよ」

「だ、大丈夫でござろうか……」

いきなり実践形式で治療の効果を確かめることになり、カレンは少し戸惑っている。それでもサムライらしく覚悟を決めると、刀を抜いた。

「行くでござる！」

地面を蹴り、鵺に躍りかかっていく。

すぐに気配を察したのか、鵺の猿顔が彼女を見た。

「キイイイイイイッ!!」

奇声をあげた鵺は、周囲に霞を発生させる。蠢く霞がカレンに迫った。

だがその霞が十分な質量を持つ前に、彼我の距離を詰めていたカレンの刀が、鵺の胴体を輪切りにする。

「……え？」

驚いたのはカレンだ。

自分の予想よりも、敏捷力と攻撃力が遥かに高まっていたのだろう。無論、魔力回路が整ったことで、身体強化の出力が向上した結果である。

「今、迅雷を使ってはおらぬでござるよな……？」

「ほらね、サムライのお姉ちゃん、効果絶大だったでしょ？」

「迅雷を使わずにあの速度……そしてあの斬撃の威力……」

「サムライのお姉ちゃん、また油断してるよ」

「っ！」

身体能力の向上ぶりに驚くあまり、またしてもカレンは気を抜いていた。

胴体を真っ二つにされたにもかかわらず、鵺は再び霞を操りカレンの動きを封じようとしたのだ。

どうやら鵺は個体によって急所となる部位が異なるらしい。

しかし反応速度もレベルアップしていたカレンにとって、鵺の奇襲を回避するのは難しいことではなかった。

素早く霞を回避すると、カレンは鵺に追撃をお見舞いする。

「柳生心念流・乱雨」

次々と放たれる斬撃の乱舞が、鵺の全身を斬り裂いてトドメを刺す。

「どう、サムライのお姉ちゃん？　強くなってるでしょ？」

「ふ、ふふふ……」

「？　お姉ちゃん？」

「ふはははははははははっ！」

カレンがいきなり大声で笑い出し、闇に沈みつつある山中に反響する。

「素晴らしい力でござる！　まさか、ここまで強くなれるなんて！　今ならどんな剣豪にも勝てる自信があるでござるよ！」

……なんかちょっと力に目覚めた悪役みたいな反応だ。

「あの魔物も、きっとこの力があれば倒せるでござる！　っ……そうと分かれば、こうしてはおられぬ！」

って、いきなり走り出した？

「サムライのお姉ちゃん、どこ行くの!?」

「拙者は今すぐ故郷に戻らねばならぬでござる！　おぬしらには感謝しているが、どうしても譲れぬでござるよ！　御免！」

そう叫びながら森の奥へと姿を消してしまった。

「逃げた？」

「このタイミングで？　何か事情がありそうだったけど」

「まだ一千万圓、貰ってない」

「そ、そうだね……」

「とにかく、追いかける」

ファナのお金への執念がすごい……。

そんな感じだったたっけ……もしかして先日のギャンブルをきっかけに、少し人格が変わってしまったのかもしれない。

まぁ、故郷とやらがどこにあるか知らないけど、走っていくよりはうちの飛空艇を使った方が早いだろう。

カレンは猛スピードで森の中を移動しているが、魔法で追跡しているので見失う心配はなかった。

「あれ？　止まった？」

しばらくすると足を止めたようで、俺たちはすんなり彼女に追いついてしまう。

「迷ってしまったでござる……」

薄々思ってはいたけど、このサムライ、馬鹿なのかもしれない。

カレンは詳しい事情を話してくれた。

「実は半年ほど前から、拙者の故郷のすぐ近くの山に凶悪な魔物が住み着いてしまったのでござる。いつ村に被害が及ぶか分からぬからと先生が討伐に赴いたのでござるが、失敗に終わってしまい……」

かつて将軍の剣術指南役を務めたという凄腕の剣士が、返り討ちに遭ったという。

一命は取り留めたものの、残念ながら二度と剣をまともに振るえないような状態になってしまったそうだ。

「先生の仇を取るべく、拙者は武者修行に出たでござる。最低でも先生を上回る実力がなければ、その魔物を討伐することなどできぬでござるからな」

「それで治療を受けて一気に強くなって、これなら討伐できるって思ったんだ」

「そうでござる。居ても立ってもいられず、つい走り出してしまった」

「ちなみに故郷はどっちの方角なの？」

「北でござる」

「お姉ちゃんが走っていった方角、南だったけどね」

「っ!?」

思っていた以上に残念な子のようだ。

「走っていくと時間もかかるでしょ？　飛空艇で連れていってあげるからさ」

「飛空艇、とは何でござるか？」

「空飛ぶ船だよ」

「そ、そんなものが!?」

こうして無事にカレンを回収し、魔導飛空艇で彼女の故郷の村に向かうことになった。

もちろんセノグランデ号にはめちゃくちゃ驚いていたが、カラクリの一種だと言えば、「最近はこんなものまであるのでござるか……」とすんなり納得していた。

空を旅すること数時間。

「あそこでござる。あの集落が拙者の故郷でござる」

カレンの故郷は山のすぐ麓にあった。

すぐ近くを流れている川に沿うような形で、ぽつぽつと家屋が点在しているだけの、本当に小さな村だ。

「あの山は大蛇山と呼ばれているでござる。かつてこの辺り一帯で暴れ回った巨大な蛇が、一人の剣豪に討伐されてあの場所に眠っているとされる、いわくつきの山でござるが……村の老人たちはその魔物が復活してしまったと言っているでござるよ」

山に現れた魔物というのは、どうやら蛇の魔物らしい。

第六章　神話の龍

「人気が全然ないわね？」

「ん、気配がない」

「みんな出てっちゃったんじゃないかな」

カレンの故郷だという集落にやってきたが、人をまったく見かけなかった。

家の中も静かで、人が住んでいる様子がない。

「拙者が村を出る時点で、すでに八割以上が村を離れていたでござる。頑なに村に残っていた者たちもいたが、さすがに避難したのでござろう」

いつ山からその魔物が降りてきて襲われるか分からない状況では、賢明な判断だな。

「でもあの家だけ煙が出てるね？」

他の家々から少し離れた場所。

集落を見下ろすような位置にある家から、煙のようなものが上がっていた。

「あそこが先生の家でござる。まだ残っておられるようでござるな」

その家に行ってみることに。

「先生！　カレンでござる！　今、戻ったでござるよ！」

カレンが声をかけると、すぐに反応があった。

「カレン!?」

家から飛び出してきたのは、白髪の老人だった。七十代半ばくらいだろうか。

魔物にやられて大きなダメージを負ったと聞いていたが、見た感じ元気そうだ。

……いや、右腕、それに左脚も明らかに動きがおかしいか。どちらも義肢のようである。

「無事じゃったのか!?」

「先生こそ！　見たところ随分とよくなられたようでござるな！」

師弟の感動的な再会……かと思われたが、

「何で戻ってきたんじゃ、こんの馬鹿弟子がああああああああああああっ!!」

爺さんがいきなり怒声を響かせた。

「せ、先生っ？」

「危険じゃから帰ってくるなと言ったじゃろうが!?　ぶち殺されたいのか、ワレっ！」

「き、危険は承知でござる！　しかし魔物に故郷を奪われ、引き下がるなどサムライの名折れっ！

必ずや先生に代わって討伐を――」

「何がサムライじゃ馬鹿弟子があああっ！　お前のような青二才がサムライを語るなど、百年早いわあああっ！」

口角泡を飛ばしながらカレンを叱咤する爺さん。

うん、めちゃくちゃ元気だな。

「お前みたいな若造はすぐに命を粗末にしようとするからダメなんじゃ！　サムライの矜持じゃと？　そんなものクソ喰らえじゃ！　犬死して何がサムライか！　泥を啜ってでも生きようとする方がよっぽど偉いわい！」

そして意外と正論である。

カレンが何も言い返せずに口を噤んでいると、爺さんがようやく俺たちに気づく。

「む？　ところでなんじゃ、そやつらは？」

「訳あって、そこのサムライのお姉ちゃんに協力することになったんだ」

「赤子が喋ったじゃと？　なんと面妖な……」

「僕はカラクリ人形だよ」

「お前がカラクリ？　ふん、面妖ではあるが、どう考えても人間じゃろう」

「ホ、ホントウダヨ？」

爺さんから確信をもって指摘され、狼狽えてしまう。

「はっはっは、何を言ってるでござる、先生。本物の人間の赤子が喋れるわけないでござろう。今や都会のカラクリはここまで進化しているのでござるよ」

カレンが頭の弱い子でよかった。

「馬鹿弟子が……いかに進化しようが同じことじゃ。気配を感じ取れば、それくらいのことは容易に分かる。カラクリのはずがあるまい」

それでもはっきり否定してくる爺さんに、俺は必死に訴える。

「僕は西方のカラクリ人形だからね！　こっちとは少し違うんだ！」

「西方の……？」

さすがにこれには反論が難しかったようで、爺さんは腑に落ちない顔をしつつも、それ以上は言い返してこなかった。

代わりに爺さんは、胡乱な目でカレンの胸を睨んで、

「しかしお前、サラシはどうしたのじゃ？」

「あまりに窮屈で、今は外しているでござるよ。も、もちろん、言われた通り、都会にいるときはちゃんと巻いていたでござる」

「本当じゃろうな？　都会でそんなもん晒しておったら、面倒な奴らが際限なく集まってくるぞ。お前のような世間知らずの田舎娘なんぞ、ころっと騙されかねん」

それから爺さんは冷たくカレンに命じる。

「なんにしても、とっとと村を出ていくのじゃ」

「いいえ、先生！　拙者は出ていかぬ！　拙者は強くなったでござる！　今から魔物を討伐し、村を

元通りにしてみせるでござるよ！」

カレンの訴えをまた厳しく突っぱねるかと思いきや、爺さんは鼻を鳴らしながらも頷いた。

「ふん……確かに、この短期間でどうやったかは知らぬが、多少はマシになったようではあるの。じゃが、その程度では無理じゃ。あの魔物には勝てぬ。なにせ、あれはただの蛇ではない。間違いなく龍じゃ」

「龍、でござるか？」

龍はドラゴンの一種である。東方で独自の進化を遂げたと言われており、蛇のような長い胴体に四肢を有し、翼がないのに宙を舞うことが可能だ。

「あの魔物に手を出すことは絶対に許さん！」

爺さんは有無を言わさぬ口調で怒鳴った。

「即刻この村を去るのじゃ！　無論、貴様らもじゃぞ！　変な気は起こすなよ！」

「せ、先生はどうするでござる？」

「どのみち儂は老い先が短い。最後に一か八か、やつに我が剣の秘技をお見舞いしてやるつもりじゃ」

そのために片腕と片足を失ってもまだこの村に残っていたらしい。

「そんな身体でまだ戦う気でござるか!?　どう考えても先生の方が無茶でござるよ！」

と、そのときだった。山の方から、オオオオオオオオオオオッ、という凄まじい雄叫びが響いてきたのは。

『マスター、山の頂上付近をご覧ください』

「っ……あれがその龍か」

山の方に視線をやると、一体の龍がその長い体軀を躍らせながら、斜面を下りこの集落へと向かってきていた。

「ちぃっ、最悪のタイミングで動き出しおったな！　お前ら、早く逃げるのじゃ！」

爺さんが叫ぶ。

しかしカレンは首を左右に振って、

「そうはいかぬでござるよ！　先生を置いて逃げるなど、サムライとしてあるまじき行為はできぬ！」

「またそれか、この馬鹿弟子が……っ！　おい、お前さんたち、こやつを無理やりにでも連れていくのじゃ！」

そうこうしているうちに、龍は木々を薙ぎ倒しながら猛スピードで近づいてくる。

長く伸びるその身体は、十メートル、いや、二十メートルはあるだろうか。

「かああああああああああっ！」

裂帛の気合と共に、爺さんの全身から猛烈な闘気が膨れ上がった。

あるいは単純に〝気〟とも呼ばれているものだが、腰に提げていた刀を抜くと、それが刀身に収束していく。

　一方で爺さんの頬がどんどんこけていき、顔や腕に血管が浮かび上がる。

「儂が渾身の一撃をやつに見舞う！　その隙にとっとと逃げるのじゃ！」

　どうやら爺さんの秘技というのは、生命エネルギーである闘気の大部分を刀に投じて繰り出すものらしい。

「ちょっと、あんた死ぬ気!?」

　爺さんの覚悟を察したアンジェが叫ぶ。

　直後、爺さんが片足で地面を蹴った。片足とは思えない速度で、迫りくる龍へと一直線に突っ込んでいく。

「柳生心念流秘技・絶念」

　次の瞬間、爺さんの刀が龍の額に叩きつけられていた。

「～～～～～～～ッッッ!?」

　硬い鱗ごと斬り裂かれ、龍の額から血が間欠泉のごとく噴き出し、地上へと赤い雨となって降り注ぐ。

　一方、爺さんの刀は衝撃に耐え切れなかったようで、粉々に砕け散った。

「先生っ!?」

　爺さんの身体は宙を舞い、地面へと落ちてくる。意識を喪失してしまったようで、まるで身体に力が入っていない。

「よっと」

リントヴルムに跨って宙を舞った俺は、爺さんの身体を空中でキャッチ。

そのまま元の場所へと戻ってくる。

「先生っ、大丈夫でござるか!?」

「うん、まだギリギリ生きてるよ。アンジェお姉ちゃん、いける？」

「任せなさい！」

爺さんの症状は完全に闘気の枯渇だ。

Sランク冒険者の巨漢ゴリティーアが同様の状態に陥ったとき、アンジェは自分の闘気を分け与えて回復させたことがあるので、彼女に任せれば大丈夫だろう。

「さすが先生でござる！　あの魔物を一撃で倒してしまうなんて！」

龍は激痛で悶えた後、地面に激突して動かなくなっていた。

「いや、そう判断するのはまだ早そうだよ、サムライのお姉ちゃん」

「はっはっはっ、さすがに今度ばかりは早とちりではござらぬだろう！　いかに龍でも、あれだけの攻撃を喰らって――」

龍の敗北を確信したカレンが、俺の指摘を一蹴したまさにそのとき、龍が再びその身を起こした。

「って、生きてるうううううううううう!?」

龍の額はぱっくり割れ、中の頭蓋まで見えていた。しかしそんな状態でありながら瞳に憤怒の炎を燃やし、一帯に凄まじい咆哮を轟かせる。

「オアアアアアアアアアアアアアアアアッ!!」

大きなダメージは負ったようだが、まだまだ元気だな。

爺さんのほとんど捨て身の攻撃も、一撃では仕留めきれなかったようだ。まぁ、もし腕と足が健在だったら分からなかったが。

「こんな化け物、一体どうやって倒せばいいでござるか……？」

あんなに意気揚々と討伐を宣言していたカレンだが、今や完全に及び腰だ。

結局、爺さんの言った通りになってしまった感じだが、

「サムライのお姉ちゃん、心配は要らないよ」

「え？」

「今のお姉ちゃんならきっと倒せる。ダメそうなら僕たちがサポートするから、試しに戦ってみたらいいと思うよ」

「拙者なら、倒せる……？　しかし今、先生の秘技でも倒しきれなかったのでござるよ!?」

俺の言葉に困惑するカレン。

「その先生を超えたと思ったから戻ってきたんでしょ？」

「そ、そのつもりでござったが……あの魔物、完全に拙者の想定以上だったというか……」

「余計なことは考えなくていいよ。お姉ちゃんはとにかく戦えばいい。ほら、来るよ」

「オアアアアアッ！」

「くっ!?　そ、その言葉、信じるでござるよ!?」

カレンは慌てて刀を構えた。

そうして単身、怒り狂う龍へと立ち向かっていく。

「本当に倒せる？」

「もちろん、今のままじゃ難しいね。そう、今のままじゃね」

ファナの質問に俺ははっきりと答える。

「どういうこと？」

「もっと身体強化の倍率を引き上げる必要があるってことだよ」

龍が巨体を躍らせ、カレンを丸呑みしようとする。

それをカレンはギリギリで避けつつ、龍の頬を斬りつけた。

しかし硬い鱗にうっすらと傷が入っただけだ。恐らく刃は肉にも届いていないだろう。

「やはり無謀でござる！　先生の命がけの一撃で、ようやくこの鱗を突破できたほどでござるよ!?」

斬りつけたときの手応えのなさに、カレンが悲鳴じみた声を上げる。

「加勢した方がいいんじゃないの？」

「まぁまぁ、アンジェお姉ちゃん、慌てない慌てない」

そんなやり取りをしている間にも、カレンはどうにか龍の攻撃を回避しながら反撃しているが、やはりあの鱗の前にはなかなか刀が通らない。

だが当初は龍の巨体を前に遅れがちだった回避行動にも、時間が経つにつれて段々と余裕が出てくる。

「動きが速くなった？」

「うん。でも、それだけじゃないよ。見て、いま斬った龍の鱗を」

「最初よりも傷が深くなってるじゃないの！」

「攻撃力も増してきてるってことだね。つまり、身体強化の倍率が上がってきてるってこと」

一体どういうことかという顔をする弟子たちに、俺は説明する。

「普通、身体強化魔法の効果を高めようとしたら、意識して訓練しないといけないよね」

「ん」

「そうね」

ファナとアンジェも、魔力回路の治療後に訓練で習得した。

身体強化魔法を使いながら剣を振るったり、別の魔法を発動したりできるようになるには、最低限、何も考えなくても身体強化魔法を維持できるレベルにならないといけない。

だがこれが意外と難しいのだ。

「でも、サムライのお姉ちゃんの場合、元から無意識のうちにやってたことだから、別に特別なことをする必要はないんだ。ただ、強い相手と戦えばいい。そうすれば、自然と限界値まで強化されていくはずだから」

つまり今、カレンは龍という強敵と戦う中で、次第に身体強化魔法の性能が高まり、強さを増しているということだ。

「柳生心念流・滅廻」

カレンは龍の頭上へ跳躍したかと思うと、高速回転しながら幾度も鱗を斬りつけていく。

「オアアアアアアッ!?」

「ん、効いた」

「効いたわ！」

ついに彼女の攻撃が通じたらしく、龍が苦しそうな咆哮を上げた。頭の上から背中側へかけ、鱗が破壊されて血が流れ落ちている。

「い、いけるでござる！　なぜかどんどん身体が軽くなって、攻撃が強くなっていってるでござる！」

本人も手応えを感じてきたようで、興奮したように叫んでいる。

そこから龍とサムライの凄まじい一騎打ちが繰り広げられた。

カレンの攻撃が通るようになったとはいえ、あの龍の巨体、当然ながら耐久力も尋常ではなかった。しかも龍の攻撃を余裕をもって避けられるようになったものの、あの牙で噛みつかれたら一溜りもないだろう。

それでも彼女は集中力を切らすことなく、龍にダメージを与え続けた。

そして――


「アアアアアアアアアアアアアアアアッ!?」


断末魔じみた咆哮と共に、ついに龍が力尽きて地面に倒伏する。

「や、やったでござる……っ！　先生のっ……先生の仇を取ったでござる！」

歓喜するカレン。

「うんうん、よくやったね、サムライのお姉ちゃん。じゃあ、ここから先は僕たちに任せておいて」

「…………へ？　どういうことでござる？　見ての通り、龍は拙者が倒したでござるが……」

倒れた龍は今度こそピクリとも動かない。

しかしそのときだった。突然、山が大きく揺れ始めたかと思うと、ミシミシという地鳴りのような音と共に、斜面に生えた木々が宙に浮き上がっていく。

「な、何が起こっているでござる!?」

「魔物が真の正体を現そうとしてるんだよ」

「どういう意味でござるか!?」

まるで山そのものが空を舞おうとしているかのようだったが、やがて土砂や草木が落下し、山の中に眠っていたそれが姿を見せる。

「な、な、な、な……っ!?」

信じられない事態に腰が抜けたのか、カレンがその場に尻もちをついた。

現れたのは先ほど彼女が倒したはずの龍だった。

ただし、一体だけではない。

「……五、六……な、七体!? 拙者が必死になって撃破した龍が、七体もいるでござる!?」

「さっきの一体も合わせると八体だね。ただ、正確には合わせて一体と言った方がいいかも」

さらに土と木の雨を周囲に降らせながら魔物が本当の全貌を現す。

山の中に埋まっていたのは、全長百メートルを超える巨体。

前足と後足、それに尾を有するトカゲの身体で、そこから八つの長い首が伸びている。

要するに八体の龍は、根元で一つの身体に繋がっていたのだ。

『なかなかの大物ですね。見たところかなりの年月、眠りについていたようです』

リントヴルムが感心したように言う。

「せ、拙者が必死に戦っていたのは、八つある首の一つでしかなかったのでござるか……?」

「そういうことだね。龍なのにぜんぜん尻尾を見せなくて、変だと思わなかった？」

「言われてみれば……」

「サムライのお姉ちゃんは休んでていいよ。後は僕たちがどうにかするから」

「ん、任せて」

「この爺さん、どこか安全なところに連れてってあげなさい」

カレンの剣の師である爺さんは、アンジェのお陰で血色がよくなり、呼吸も安定していた。

まだ意識が戻っていないが、そのうち目を覚ますだろう。

「た、戦う気でござるか!?」

「放っておいたら村どころか、この国そのものが危ういような魔物だしね」

首の一つをやられ、かなり激怒している。

その威圧感は神話級の魔物にも匹敵するだろう。実際、神話級の魔物かもしれない。

「まぁ神話級の魔物ならこっちにも一体いるしね」

「主よ、我も加勢しよう」

爺さんのことはカレンに任せ、俺たちは一斉に動き出す。

リルは正面から突っ込み、ファナは右側、アンジェは左側へ、そして俺は魔物の頭上、空へと飛びあがった。

七本の首が思い思いに追いかけてくる中、リルが龍の身体に思い切り突進する。

ドオオオオオオンッ!!

凄まじい激突音が響いたものの、しかし山のような巨体が僅かに揺らいだだけだ。

「ふむ、さすがに人の姿では大したダメージを与えられぬな。我が主よ、しばし元の姿に戻らせてもらうぞ」

「了解〜」

リルの身体があっという間に膨張する。

やがて白銀の毛並みを持つ巨大な狼が姿を現した。

「ま、魔物でござる!?」

カレンが驚いているが、リルの正体は神話級の魔物であるフェンリルなのだ。

八つ首の龍は、そのフェンリルと比べても遥かに巨大。それでもフェンリルの鋭い爪は、龍の鱗をすんなり貫いた。

「「「〜〜〜〜〜ッ!?」」」

身体と八つの首は痛覚を共有しているようで、そろって痛がっている。

慌てて三本の首がリルを排除しようと飛びかかった。

「「「オアアアアアアッ!!」」」

だがリルは素早い跳躍でそれを回避すると、一本の首に噛みつく。

『いかに大きくとも、動きが鈍ければ意味はないぞ』

一方、龍の右側に回っていたファナには、二本の首が襲いかかっていた。

しかし風の後押しを受け、リルをも上回る速度で疾走する彼女をそう簡単には捉えることはできない。

「ふっ」

ファナの斬撃が龍の首に叩き込まれる。

すると鱗ごと肉がすっぱり斬り裂かれ、血が噴き出す。

「ん、斬れる」

龍の左側に回ったアンジェも、二本の首と対峙していた。

彼女は躍りくる首を、回避行動を取ることなく迎え撃つ。

「はあああああっ!!」

思い切り振り上げられたアンジェの足が、龍の顎下を蹴り上げる。

同じタイミングで地面から凄まじい勢いで盛り上がった土が、ほぼ同じ場所を打った。

蹴りと魔法の同時攻撃を受け、龍の首が大きく跳ね上がる。

「拙者があれほど苦労した龍に、三人ともいとも簡単にダメージを与えている……三人というか、狼の魔物が交ざっているでござるが……」

「う、ううむ」

「先生!?」

どうやら爺さんが目を覚ましたようだ。

「……カレン？　ここはあの世……ではなさそうじゃの。まさか、儂はまだ生きておるのか？　そうじゃ、龍はどうなった……って!?　増えてるううううううううううっ!?」

意識を失う前よりも明らかに数が増えていることに驚愕している。

「先生が戦ったのは、巨大な龍の八つある首の一つでしかなかったでござるよ」

「なんじゃと!?　ま、まさか、八岐大蛇じゃったというのか!?」

「八岐大蛇……？」

「八つの首を持つという神話の時代の龍じゃ！　このエドウ国が建国されるよりもはるか昔、太古の英雄スサノオノミコトが討伐したとされる化け物じゃぞ!?　当時あったとされるヤマト国が、この一体の魔物に半壊させられたと伝え聞くっ……こここ、こうしてはおれんっ！　すぐに幕府に伝えねばっ……あたたたたっ!?」

慌てて身体を起こそうとした爺さんが、激痛でひっくり返った。

「お、落ち着くでござる！　見ての通り、彼らが戦ってくれてるでござるよ」

「本当じゃ!?　八岐大蛇とまともにやり合うとは、一体なんなのじゃ、あやつらは!?」

カレンと爺さんが言い合っている間にも、八つ首の龍との交戦は続いている。

上空を舞う俺は、その様子を見下ろしながら、

「じゃあ、一本ずつやっつけていくよ。猛炎流星」

隕石のような燃え盛る巨岩が出現し、猛スピードで一本の龍の首へと落ちていく。

ドオオオオオオオンッ!!

轟音と共に巨岩の下敷きになる龍の頭。

地面には大きなクレーターが出現していた。その内側で赤熱している黒い残骸のようなものは、巻き添えを喰らって一瞬で炭化した木々だ。

『さすが我が主。一撃で仕留めるとは。我も負けてられぬ』

感心しつつ、一本の首に嚙みつくリル。

すでに何度か牙を突き立てられ、ボロボロになっていたその首は、ついにフェンリルの凄まじい咬合力に耐え切れず、ベキベキと骨が砕ける音と共に嚙み潰された。

「次はあいつだ。爆雷閃槍」

バアアアアアアアンッ!!

龍の首を丸ごと貫くような雷撃。目から光が消失し、ぷすぷすと鱗の隙間から煙を上げながら地面に倒れ込む。

「ん、師匠もリルもすごい。負けられない」

ファナの全身を猛烈な風が覆う。

突風と化したファナは、対峙していた龍の首に渾身の斬撃を見舞った。

ブシュアアアアアアッ!!

鱗ごとすっぱりと斬り裂かれた首から鮮血が噴き出す。

さらにファナは瞬転して追撃。四方八方から吹き荒れる突風《ファァナ》に翻弄されるたび、龍の首から血潮が舞う。

ついにその首は力尽きて地面に激突した。

「無限絶凍」

ピキピキピキピキピキッ!!

俺の魔法でまた別の首が凍りついていく。

「リンリン、戦鎚モード」

『かしこまりました』

「せーのっ、よいしょおおおおおっ！」

戦鎚となったリントヴルムを、凍結したその首に叩きつける。すると瞬く間に罅《ひび》が広がっていき、やがて粉々に砕け散った。

「あたしだって、負けてらんないわよっ！　はあああああああっ！」

猛烈な闘気を滾らせたアンジェが、龍の首に突進していく。

一発一発が大地を割るほどの威力を有す拳が、龍の首を何度も何度も打った。

ズドドドドドドドドッ!!

鱗と骨を砕かれ、フラフラとなった龍の首が地面に倒れ込む。それでもまだ動こうとしていたが、容赦なくアンジェが接近し、トドメの一撃をお見舞いした。

最初にカレンが倒した一本も含め、これで七本の首を撃破することができた。

残りは一本のみなのだが、

「あ、逃げた」

巨大なトカゲの身体が必死に俺たちから遠ざかっていく。

勝てないと判断したのか、逃げるつもりらしい。残った首を目いっぱい縮めて身体で守りつつ、七本の首を引きずりながらの逃走だ。

無論、みすみす逃がすわけがない。

「光矢万射」

俺が放った無数の光の矢が、最後の首を次々と貫いていく。

「アアアアアアアアアアアアッ!?」

ひと際大きな咆哮を轟かせ、ついに力尽きたのだった。


予想していたより強力な魔物だったが、無事に討伐することができた。

「しかし、なんということじゃ……あの八岐大蛇を、いとも容易く討伐しおったなんて……」

巨大な神話級の魔物の死体を見ながら、爺さんはまだ信じられないという顔をしている。

「いや、何にしても、礼を言わねばならぬな。あのままでは我が村が滅びるどころか、国家レベルの大災害になっていたじゃろう」

頭を下げてくる爺さん。

それから何かに思い至ったように、

「そうじゃ、このことは当然、幕府に報告せねばならぬな。……カレン、儂が将軍に書状をしためる。彼らと共に持っていくのじゃ」

「え、拙者が将軍に、でござるか……？」

「他におらんじゃろう。儂は見ての通りこのざまじゃからの。世間知らずのお前に任せるのは、儂としても苦渋ではあるが仕方がない」

「拙者、そこまで信頼がないでござるか……」

八岐大蛇が出現し、討伐したことを、この国の政府に報告するつもりのようだ。

この爺さんはかつて将軍の剣術指南役を務めたこともあるそうだし、彼の書状なら読んでくれるだろう。

「儂が指南役をしていたのは先代のときじゃがな。ただ、現将軍とも面識はある。まだ幼い頃じゃったがの」

「というか、お爺ちゃんも一緒に行こうよ。正直、僕もサムライのお姉ちゃんじゃ荷が重い気がするし」

下手したら門前払いを喰らうかもしれない。

「拙者をなんだと思っているでござるか!? 将軍に書状を渡すくらい、できるでござるよ! オエド城に行って、将軍の居場所を訊いて、そこに行って、手渡せばいいのでござろう!」

「……うん、やっぱりダメそうだね」

「そうじゃな……」

胸を張って言うカレンに、俺と爺さんは同時にため息を吐く。

当然ながら直接渡そうなんてしたら、あっという間にひっ捕らえられるだろう。

「弱ったのう。おぬしら異国の者たちに託す方が、まだマシかもしれぬ。しかし、そういうわけにも……やはり儂が行くしかないかのう……」

「そうしようよ、お爺ちゃん。その足で旅をするのが難しいから心配してるんだと思うけど、実はすごく便利な乗り物があるからさ」

この村に来たときのように、爺さんを飛空艇に乗せていけばいいだけだ。

「それじゃあ、早速向かおっか。それと念のため、持ってった方がよさそうだね、死体」

「え?」

俺は八岐大蛇の死体を亜空間の中に放り込んだ。

「き、き、消えたでござるううううううううっ!?」

第七章　エドウ幕府将軍

魔導飛空艇に乗ると、サムライ爺さんは子供のようにはしゃぎ出した。

「なんということじゃ！　今や空を飛ぶカラクリまで作られておるのか！　儂が都会にいた頃にはなかったぞ！」

俺がカラクリ人形だと主張したときは、あんなに冷静に全否定していたのにな。

「これも僕と同じで西方で作られたカラクリなんだ！　こっちじゃまだ実現は不可能だろうね！」

「おおっ、村や田んぼが見下ろせるのじゃ！」

……全然聞いていない。

やがて飛空艇はエドウの中心都市〝オエド〟へとやってくる。

そのさらに中心、街を見下ろせるちょっとした高台に、オエド城と呼ばれる将軍の居城が存在していた。

周囲は深い堀に囲まれ、天守閣という象徴的な建造物が聳え立っている。

俺たちは飛空艇から堀に架けられた橋の上へと降りた。

橋の向こう側には立派な城門があって、門衛が出入りを厳しく管理しているようだ。

「怪しい異国人の集団でござるな。ここは将軍——公方様が住まわれるオエド城である。観光場所にはあらず、許可のある者以外の立ち入りはできぬぞ」

当然すんなりとは中に入れてくれない。

そこで爺さんが前に出た。

「む？　あ、あなた様は、もしや……」

「うむ。元将軍家剣術指南役の柳生権蔵じゃ」

「柳生心念流の……っ！」

どうやらこの爺さん、ゴンゾウという名前らしい。そして門衛たちはその名を知っているのか、そろってハッとしたのが分かった。

「し、しばしお待ちを！」

やがてベテランらしき男が驚いた顔をしながら出てきた。

「柳生殿、お久しぶりでござるな！　もう十年ぶりでござろうか？　しかし、その手足は……」

どうやら爺さんと面識がある人らしい。

「おお、久しいの。実は公方様に重大なご報告があって参ったのじゃ。詳しいことはこの書状にしたためたゆえ、まずはお渡し願いたい」

そう言って書状を門衛に手渡す爺さん。

「……中身を改めさせていただいても？」

「構わぬ」

「では」

将軍に渡すものとあって、念のため内容を確かめることになっているのだろう。爺さんもそれは理解しているのか、すんなりと頷いた。

内容を確認したベテラン門衛は一瞬絶句してから、

「さ、早急に取り次がせていただくでござるっ！　ただ、さすがに少々お時間をいただくことになるかと思うので、ぜひ詰め所にてお待ちいただければ」

城門を潜って城内へと案内される。やはり爺さんがいてくれたお陰で、すんなりと取り次いでもらうことができたな。

これがカレンだけだったら簡単にはいかなかったはずだ。

それから城内でそれなりに待たされることにはなったが、お茶やお菓子を出してもらえたりと丁重な扱いを受けた。

門衛の反応といい、将軍家剣術指南役というのはやはり相当な要職なのだろう。

「お爺ちゃん、偉い人だったんだね」

「はっ、昔のことじゃわい」

一笑する爺さんに対して、カレンが誇らしげに言う。

「先生はたった一代で柳生心念流という流派を起こし、田舎の出ながら将軍家の剣術指南役まで上り詰めたのでござるよ。今でも先生に師事したいと、村に弟子入り志願者が押しかけてくるほどでござる。もっとも、先生はそのほとんどを門前払いしているでござるがな。そんな中で拙者は弟子として認められたのでござるよ」

ほんの少しドヤ顔をするカレンだが、爺さんは鼻を鳴らした。

「お前みたいな猪突猛進な阿呆は、放っておくとすぐに犬死するだろうなと思って、同郷のよしみで指導してやることにしただけじゃぞ。つまり、お情けじゃ、お情け」

「お情けだったでござるか!? てっきり拙者の将来性を見抜いてくれたからだと思っていたでござるよ!」

そんなやり取りをしていると、上級役人らしき男がやってきた。

「柳生殿とその御一行。将軍との謁見の準備が整ったでござる。こちらへ」

彼に案内されて廊下を進む。

途中、様々なカラクリ仕掛けの扉や階段があった。しかも同じような部屋と廊下が延々と続いていて、案内がなければ迷子になりそうだ。

部屋ごと回転するような大仕掛けもあり、恐らく将軍の居場所までの道順を覚えさせないためだろう。

エドウ国は長きにわたって平和で政治も安定していると聞いていたが、その割には随分と警戒心が強い印象だな。

やがて辿り着いたのは、入り口から奥まで百メートルほどもある広い部屋だった。

床には畳と呼ばれる特殊な敷物が敷き詰められ、左右の扉には見事な絵が描かれている。

部屋の奥は一段高くなっており、そこに将軍らしき人物が座っていた。

ただし、簾《すだれ》というカーテンのようなものが下げられ、直接その姿を見ることはできない。

簾の向こうから声が聞こえてくる。

「久しいの、柳生権蔵よ。そして他の者たちは初めてぢゃのう。余が第三十六代将軍徳山家隆ぢゃ」

エドウ国は代々、徳山将軍家が治めているというが、現在はその三十六代目。

それが徳山家隆だった。

どんな姿をしているのかは簾で遮られているため分からないが、どうやら柳生の爺さんは過去に会ったことがあるようだ。

家隆は前将軍の八番目の子供で、爺さんが剣術指南役をしていた頃、少し剣の指導をしたことがあるのだという。

「そなたほどの剣士が、指南役を辞めることになったのは大きな損失ぢゃった。どうぢゃ？　今からでも遅くはあるまい。また指南役を務めてみてはどうぢゃ？」

「……家隆様、儂はすでに隠居の身。そのお言葉は大変ありがたいが、今さらそのような重役はこの老体には身に余り過ぎるのじゃ。それに……この通り、手足が半分になってしまいましての」

「なに？　それは義肢か？　一体どうしたのぢゃ？」

「はい、実はこの度、急にお訪ねしたことと関連するのじゃが……」

それから爺さんは故郷の村の近くに龍が出現し、命懸けで討伐を試みたものの返り討ちに遭って手足を奪われたこと。だが弟子のカレンが連れてきた西方の戦士たちのお陰で、無事に討伐することができたことを話してみせた。

「しかもただの龍かと思いきや、八岐大蛇であったのじゃ」

「八岐大蛇ぢゃと!?　神話に登場する凶悪な魔物ではないか!?　そんなものが現れたなど、俄かには信じられぬが……それ以上に、たった数人で討伐してみせたなど、もっと信じられぬぞ……？」

やはり簡単には信じてもらえなかったので、亜空間に保管して持ってきた八岐大蛇の死体を取り出す。

もちろんすべて出すと大き過ぎるので、首の一部だけだ。

「なんとっ!?」

「間違いなく龍の頭でござる」

「しかし一体どこから……？　いかなるカラクリなのじゃ？」

部屋の周囲に控えていた家臣たちが大いにざわつく。

「この首が他に七本あって、大きな身体もあるよ。必要なら後でどこか広い場所に全部出しておくね」

「こんな巨大な頭部が、他に七つもあるぢゃと……？　それはまさしく、伝説に聞く八岐大蛇ぢゃ」

将軍も驚いている。

「西方の戦士たちよ、よくぞ討伐してくれたのぢゃ。もしこのような化け物が暴れ回っておったら、我が国は甚大な被害を被ったことぢゃろう。……ところで何なのぢゃ、そなたは？　赤子が普通に喋っておるが……」

「僕は西方で作られたカラクリ人形だよ！」

『……本当にカラクリ人形で押し通すつもりですか、マスター』

爺さんは「そんなはずがないじゃろう」という顔をしているが、気にしない。

「カラクリ人形ぢゃと？　いや、確かに我が国でも人間のように高度な会話ができる人形の開発が進められておるが、さすがにそこまで高性能なものは未だ実現できておらぬぞ」

実際に開発が進められているのか……。

「西方特有の魔法も使っているからね。魔導人形って言った方がいいかも」

「なるほど、魔法か。噂には聞いておったが、まさかそんなことまでできるとはの」

「でも、この国のカラクリもすごいよね。一体誰がどうやって作っているの？」

詳しく聞いてみると、どうやらこの国には、ひたすらカラクリの開発に心血を注ぎ続けている一族がいるらしい。

「平賀一族といって、何百年も前から代々カラクリの開発をしているのぢゃ」

かつては怪しいものを作り出す奇人一族として迫害されていたこともあったそうだが、今では国中から若者が弟子入りのために集まり、どんどん高性能なカラクリが生み出され、その技術を利用した道具が当たり前のように使われているという。

幕府も大々的に彼らをバックアップしているそうだ。

八岐大蛇を討伐したことで色々と褒賞を貰えることになったが、それよりそのカラクリ開発の現場を見せてほしいと言ってみたら、あっさり許可が出た。

「そうぢゃ、柳生権蔵よ、お主も一緒に行ってみるのぢゃ」

「儂も？」

「うむ。今つけておるその義肢、見たところただの器具ぢゃろう？　恐らく今なら、本物の手足のように動かせるカラクリの義肢くらい作れるはずぢゃ。余があらかじめ電信を送っておくから、作ってもらってくればよい」

どうやら離れた場所にいる相手と連絡が取れるカラクリがあるらしい。

魔法も使わずにそんな真似ができるなんて、一体どんな仕組みなのか、物凄く興味をそそられるな。

カラクリの開発や製造を行っているという研究所は、オエドの街外れに存在していた。

「将軍から話は聞いとるで！　うちは平賀源子！　平賀家の第二十四代目当主で、ここ平賀研究所の所長や！　よろしゅうな！」

俺たちを出迎えてくれた平賀家の当主は女性だった。

かなり小柄で、見た感じは完全に十代の少女だが、実年齢はどうやらアラサーらしい。

好奇心に満ち満ちたその目が、俺の方を向く。

「それで、この赤子が西方のカラクリ人形やな！」

「ど、どうも」

「おおっ、複雑な表情をいとも簡単に！　うちらも人そっくりの人形を作ろうとしとるけど、こんな表情はまだ全然やで！」

興奮しているのか源子は鼻息荒く、俺の顔や身体にべたべた触ってきた。

「本物そっくりの肌感や！　一体何の素材でできとるん!?　しかも繋ぎ目とか全然あらへんな！　髪の毛もまるで本当に生えとるみたいやし！　なぁ、分解っ、分解してもええかっ？」

「ダメに決まってるでしょ!?」

「何でや!?　ちょっとくらいええやん！　先っちょだけ！　先っちょだけやから！」

先っちょってどこの先っちょだよ。

「僕は繊細だから、ちょっとの分解もご法度なの」

「なんや、つまらんなぁ。……ていうか、じぶん、ほんまに人形か？　モノホンの赤ん坊っちゅうオチやないやろうな？　それならそれでびっくりやけど」

「そ、そんなことより、早く中を案内してよ！」

研究所内の大部分は、カラクリ製品を作り出す工場となっていた。

驚きなのが、一つ一つを人の手で作っているのではなく、製造すらカラクリが利用されているという点だ。

「よくある製品に関しては全部自動化しとるで」

「カラクリを利用して、カラクリを作っているってこと？　すごい仕組みだね」

所々にチェックのための人員が配置されているだけで、驚くほど人が少ない。

製造のために人力が不可欠な魔道具では、絶対に真似できないだろう。量産力に関していえば、カラクリの方が遥かに上かもしれない。

「人材の大部分は研究と開発に注力しとるんや。カラクリはまだまだ奥が深く、いくら研究してもしたりひんからな」

研究開発を行っている場所にも案内してもらえた。

「ここのチームは通信用カラクリの研究をしとる。つまり、離れたところにいる人とより簡単にいつでもやり取りができるようにするカラクリや」

「それ、どうやって実現してるの？」

「電気っちゅうもんを利用しとるんや」

「電気？」

「せや。音声をいったん電気信号に換えて、電線で送るんや。すでに国のあちこちにまで電線を通しとって、各地の大名とは連絡が取れるようにはなっとるけど、電線を敷く作業はなかなか大変なんや。台風でダメになることもあるしな。せやから今は無線でも使えるように改良しとるところや。そのためには電波を研究する必要があるけどな」

電気と電波。

どちらもまったく聞いたことがない概念だ。

「電気っちゅうのは、目に見えへんエネルギーの一種や。ちぃ～ちゃな粒子が集まって動くことで発生するもんで、例えば物体が擦れ合って発生する電気のことを静電気と呼んだりする。冬に服と服が擦れたとき、バチバチ言うたりするやろ？　あれがそうや」

「ふんふん、なるほど。じゃあ雷なんかも電気によるものかな？」

「せやせや、じぶん、理解力も半端ないやんか」

電気というのは基本的に物質を伝わるものだが、一方で電波は、電気と同じ目に見えないエネルギーでも、空気や空間などを通って広がるものらしい。

その性質が「波」に似ていることから電波と呼ぶそうだ。

「なかなか面白いね。魔道具のそれとはまったく違う仕組みだよ」

カラクリというのも、研究していくとかなり奥が深そうである。

「ん、ちんぷんかんぷん」

「……あたしもよ」

「拙者も右に同じでござる」

ファナとアンジェ、それにカレンはまったく理解できていないようで、途中からずっと遠い目をしている。脳筋ばっかりだからね。

「こっちは乗り物の開発チームやな。人や荷物を載せて高速で移動できるっちゅう優れもんで、四輪タイプに二輪タイプ、サイズも大型から小型まで、色んなもんがある。土木や農業なんかに使う作業用のもんもあるで」

いずれ国中に道路を整備し、人々が簡単に遠距離移動できるようにしたいらしい。

「ついでにもっと大型で、人や荷物を大量に載せて移動できるもんも考えとる。無論いずれは空も飛べるようにせんとな」

魔導飛空艇のようなものを、魔法を使わずに実現するつもりだという。

そんなことが可能なのかと思うが、自信満々に語る源子の様子を見ていると、いずれ本当に実現される日がくるのではという気になってきてしまう。

「そしてここは医療用のカラクリを開発しているチームや。義肢が必要なんはじぶんやんな？」

「そうじゃが……」

「将軍からの直々の依頼やったし、すでに作っといたで」

あらかじめ爺さんのための義肢を用意してくれていたらしい。

早速、爺さんが腕と足に装着する。

「な、なんじゃ、これはっ？　独りでに動いておる!?」

「使用者の動きから自動的に反応するようにしておるんや。少しコツはいるけど、慣れれば走ったり踊ったりもできるはずやで」

「すごいぞ！　刀も握れるのじゃ！」

義手で刀を握り、振ってみせる爺さん。

さすがに元の手足通りとはいかないだろうが、ここまでの性能なら普段の生活で困ることはないはずだ。

「先生、これなら剣も続けられるでござるな！」

「いや、そこまでは無理じゃろう。柳生心念流の技の大半は使えまい」

「し、しかし、先日は八岐大蛇に秘技を使っていたでござろう？」

「あれは最後の力を振り絞ったからできただけで、普通には無理じゃよ」

弟子の指摘に、爺さんは苦笑する。

「そうやなぁ。並みの剣士レベルならともかく、一流剣士の動きには対応できんやろうなぁ……まぁ、そこはまだまだ改良の余地があるっちゅうことや。いずれはそういう義肢を作り出したるから、今はそれで勘弁やで」

それからも俺たちは研究中の様々なカラクリを見せてもらうことができた。

久しぶりに知的好奇心を大いに刺激されて、俺は大満足だ。

ファナ、アンジェ、カレンの脳筋トリオは、難しい話ばかりで頭痛がし始めたのか、途中から頭を押さえているが。

「それにしてもじぶん、なかなか筋がええなぁ！　初見でここまでの理解力を示すもん、今まで見たことあらへんで！　人間レベルの知能どころか、もうそれを超えとるかもしれへんな！」

「ふふふ、そうでしょそうでしょ」

「せや！　ぜひじぶんにだけ見せたいものがあるんや！」

「僕にだけ？」

「内容的に非常に難解なもんやからな！　じぶんにしか理解できひんやろう！」

ということなので、俺は一人、源子に連れられて研究所の奥へ。

厳重に管理された扉を何度も潜っていく。

「お姉ちゃん、どんなものを見せてくれるの？」

「電気エネルギーを無限に生み出すカラクリや。正直、極秘中の極秘のもんなんやけど、じぶんにだけは特別に見せたるわ」

ワクワクしながら彼女についていくことしばし。

やがてやってきたのは、何もない部屋だ。

「……？　どういうこと？」

次の瞬間、四方八方から縄が伸びてきたかと思うと、俺の身体に自動的に巻きついてくる。

「やったでえええええっ、捕まえたあああああっ！　これで分解し放題やああああああっ！」

源子が血走った目で叫ぶ。

「ここまでの性能の人形が、どんな仕組みになっておるのか、このままじゃ気になって気になって夜も眠れへんからな！」

「分解したところで、魔法で動いてるんだから仕組みは分からないと思うよ？」

「それならそれで仕方あらへんわ！　百聞は一見に如かず！　とにかくこの目で実際に確かめてみいひんとな！　ひひひひひっ！」

まぁ気持ちは分からないでもない。

俺だって理解できないものを見たら、とことん調べてみたくなる。

そうやってひたすら魔法の研究をし続けた結果、前世の俺は大賢者と呼ばれるに至ったのだ。

彼女もそんな俺と同じ人種だろう。

だからといって、大人しく分解されるつもりはない。そもそも俺は魔導人形じゃなくて人間だからな。

ブチブチブチブチッ!!

あっさり縄を引き千切り、拘束から逃れる。

「ひひひひっ！　やっぱりこの程度じゃ無理やったか！　けど、これならどうや！」

奥にあった扉が自動的に開き、現れたのは一体のカラクリ人形だ。分厚い装甲に幾つかの武器を備え付けており、明らかに穏やかな目的で作られた人形ではない。

「一流剣士すら凌駕する戦闘能力！　っちゅうのをコンセプトに開発した、最強のカラクリ兵やで！　その名も酒呑童子や！」

オーガによく似た姿をしたカラクリ人形である。

兵器として作り出されたものらしく、右手に巨大な剣を持ち、左腕で大砲を担いでいる。

「ガガガ……戦闘、準備、完了……」

そんなノイズ交じりの音声を発したかと思うと、右手の剣がいきなり高速で回転し始めた。

ギュウウウウウウウンッ!!

正確に言うと、剣を手にした腕の手首から先がぐるぐると回転している。

「剣ってそういう使い方?」

「普通に剣を振るうより、この方が強いんや！　盾としても使えるしな！」

ガシャンガシャンという音を響かせながら、カラクリ兵がこちらに突っ込んでくる。

「轟雷」

そのカラクリ兵に猛烈な雷が落ちた。

当然ながら剣で防げるはずもなく、表面の金属が溶けたり焦げたりしてあっさり動作が停止する。

「ギ、ガガ……故障……故障……故障……故障故障故障故障故障故障故障──ピーーーーー」

「酒呑童子いいいいいいいいいいいっ!?」

ぷすぷすと煙を立ち昇らせながら、明らかに壊れた音声を発し続けるカラクリ兵。

「電気が動力源って言ってたけど、一気に強力な電気をぶつけたらどうなるかなと思ってさ。こうなっちゃうんだね」

許容量を超える電気を流されたことで、回路が壊れてしまったのだろう。

「うちの傑作が……」

「カラクリの弱点は電気なのかもね。そもそも金属は電気を通しやすいから、兵器として運用するならそのあたりの対策が必要だと思うよ。電気を通しにくい素材でカバーするとかさ」

自信作をあっさり壊されてガックシ項垂れる源子だったが、俺のアドバイスを受けてハッと顔を上げた。

「その手があったか！　ちゅうか、じぶん、なんちゅう優秀な人工知能や！　うちでも人工知能の研究は進めとるが、まだ全然やで？　せいぜいあらかじめインプットした情報を、取捨選択することくらいしかできひん」

まぁ人工知能じゃなくて、本物の知能だしな。

そもそも人工的にゼロから知能を生み出すなんて、少なくとも魔法では不可能な芸当だ。

「どないなっとるのか、ほんまに知りたいわぁ……分解させてくれへん……？」

「ダメだって言ってるでしょ。でも、このカラクリ兵は貰ってってくね？」

「ちょっ、なんでや!?」

「将軍の直々の依頼で僕らを受け入れてるんでしょ？　そんな相手を攻撃するなんて、将軍に知られたらどんな罰を受けることか」

「うっ」

「それを黙っててあげる対価だよ」

そうして無事に解放された俺は、ファナたちと合流した。

「師匠、どうだった？」

「すごく興味深い研究だったよ！」

カラクリ兵をゲットできた俺は大満足だった。あとで分解し、その仕組みをじっくり調べてみるつもりである。

研究所を後にした俺たちは、魔導飛空艇でいったんカレンの故郷の村へと向かった。

爺さんを送り届けるためだ。

魔物が討伐されたという情報を得たのか、そこにはすでに復興のために戻ってきている村人たちの姿があった。

「お主らのお陰じゃ。改めて礼を言いたい」

　爺さんはまた気ままな田舎暮らしを再開するという。

「儂自身もあのまま死ぬつもりじゃったが、命拾いしてしまったからの。こうして便利な義肢も貰えたし、余生を満喫させてもらうとするわい」

　一方、カレンはこのまま村に残るつもりはないようで、

「先生、拙者はまたしばらく武者修行の旅を続けるつもりでござる。今回の一件で、己の未熟さを大いに痛感した。剣も身体も心も鍛え、もっと強くなってから戻ってくるでござるよ」

「ふん、馬鹿弟子も少しは大人になったようじゃの。もはや儂がどうこう言うような段階ではないじゃろう。好きにするがよい」

「……はっ、感謝申し上げる」

「じゃが、一つだけ言わせてくれ。……サラシはちゃんと巻いておくのじゃぞ」

　おいジジイなに余計なこと言ってんだごらあああああああああっ!?

　そうして爺さんと別れ、俺たちは再びオエドの街へと向かう。

　その道中で、何やら畏まった様子のカレンがいきなり頭を下げてきた。

「拙者、ぜひ貴殿らの旅に同行したいでござる」

　どうやら仲間になりたいらしい。

「これまで東方の剣こそ世界一と信じていたが、やはり世界には上には上がいたでござる。完全に

井の中の蛙でござった。どうか貴殿らの旅に拙者も同行させてほしい！」

「いいよ」

俺はあっさり許可する。

なぜならカレンは巨乳だからだ。

『……最悪な理由ですね』

巨乳が仲間になりたそうにしていたら、仲間にしないなんてことがあるだろうか？

いいや、ない、絶対に！

「ほ、本当でござるかっ？」

「ただし一つだけ条件があるよ」

「それは一体……？」

「サラシ巻くの禁止！」

爺さんが最後に余計なことを言ってくれたので、またサラシで胸を隠してしまったのだ。

「し、しかし、これは先生が……」

「先生が言ったから？　じゃあ、カレンお姉ちゃんは先生が死ねって言ったら死ぬの？　うんこ食えって言ったら食べるの？　そろそろ自分の頭で考えるべきだよ！　そうしないとこれ以上は強くなんてなれないよ！」

『マスター、極論過ぎでは』

俺の訴えに、カレンは一瞬圧倒されてから、

「そ、そうでござるな……確かに拙者、今まであまりに自分の頭で判断してこなかったかもしれぬでござる……」

くくく、このサムライ、ちょろ過ぎるぜ。

「うんうん、剣の腕や身体能力だけじゃなくて、判断力も鍛えないといけないからね。そのためには普段から自分の頭で考えて決断することが必要だよ」

「そうするでござる！」

「さあ、サラシという名の硬直した思考を取り除くんだ、お姉ちゃん！　今こそ新しい自分に生まれ変わるんだよ！」

『……ただ自分が胸を見たいだけのくせに』

カレンは巻いていたサラシに手をかける。

「拙者、生まれ変わってみせるでござる！」

「そう！　そのサラシは古い自分だよ！」

「このサラシは古い自分！　今こそ決別するでござる！」

決意に満ちた目でそう叫んだカレンは、ついにサラシをビリビリに破り捨てた。

俺はカレンの胸に飛び込む。

「サムライのお姉ちゃん、やったね！　君は生まれ変わったよ！」

「拙者は生まれ変わったでござる！」

カレンの大きな胸に顔を埋め、喜びを分かち合う。

はっはっは、やはり素晴らしい胸だぜ！

『……この娘、本当にもっと自分の頭で考えた方がいいと思います』

第八章　カラクリ忍者

「まだまだ東方美女に抱っこされたい！」

『すでに存分に抱っこされたでしょう、マスター』

「サムライ少女にはね！　でももっといろんな属性があるはずなんだ！」

『……』

「例えば、そう！　巫女だ！」

巫女というのは、東方の聖職者の女性のことである。

しかも若い女性しかなることが許されず、ある一定の年齢に達したり、結婚したりすると引退することになるようだ。

「きっと東方の神様たちは若くて穢れのない女性が好きなんだね。うんうん、分かるよ、そういう性癖」

『異国の神々への暴言、怒られますよ？』

エドウ国には神社と呼ばれる宗教施設があって、巫女はそこにいるはずだった。

「というわけで、早速行ってみよう！」

そうしてやってきたのは、長い歴史があるという由緒正しい神社だ。

参拝客が次から次へと訪れていたが、みんな粛々としていて、祭壇で熱心に祈りを捧げてから去っていく。

そうした雰囲気もあってか、神社の敷地内には神聖な気配が漂っている。

白と赤のコントラストが映える衣服を着た巫女を発見したが、神妙に作業に没頭していて、気軽に話しかけられるような空気ではなかった。

「……………うん、帰ろう」

『さすがのマスターも自分の存在が場違いだと気づいたようですね』

「しかしこんなことで諦める俺ではない！　巫女がダメなら舞妓だ！　舞妓は宴会なんかで芸を披露する女の子だからな！　辛気臭い神社とは違うはず！」

『だから怒られますよ、マスター』

舞妓は歓楽街にいるはずだ。

そこで俺がやってきたのは、オエドで随一の歓楽街、カブキチョウである。

さあ、おっぱいの大きな舞妓にいっぱい抱っこしてもらうぞ！

「一見さんはお断りどす」

「赤ちゃんやんか。うちは未成年の出入り禁止でっせ」

「喋る赤子とは面妖な！　さては妖怪やな!?　用心棒さん、出番やで！」

……行く店行く店で門前払いされてしまった。

ある店では妖怪扱いされる始末である。

「何でだよおおおおおおおおおおおっ!?」

『大人しく諦めたらどうですか、マスター』


俺が東方美女の抱っこを求めて四苦八苦する中、ファナとカレンは魔物討伐をしまくっていたようだ。

「まだ一千万圓もらってない」

……是が非でも一千万圓を徴収する気らしい。

「やはり一千万を稼ぐのは大変でござるな……適当に金額を決めたあのときの自分を殴りたいでござるよ……」

カレンがぐったりしているので、相当なハードスケジュールを強要されたのだろう。

一方のアンジェは、〝カラテ〟の道場に乗り込んでは勝負を挑んでいるという。

カラテというのは東方独自の格闘技である。

「大半の道場は大したことなくて余裕で全滅させたけど、それなりに骨のあるところもあったわ。

もちろんちゃんと事前に許可を取ってから勝負したわよ？」

「本当に？　挑発して怒らせたりしてない？」

「大丈夫よ。断られそうになったときに少しくらい煽ったりはしたけれど」

間違いなく怒らせていると思う。

リルはお留守番だ。ただでさえ西方の人間は目立つというのに、獣耳まで生えている彼女は非常に注目されてしまうからな。

しかもこの国には、人間の若い娘に化ける能力を持った狐の魔物の伝説があるらしい。

リルは狼なのだが、幾度か狐の魔物が化けていると勘違いされてしまったことがあった。

「我を狐と勘違いするなど……」

まぁ普通の人には、狼と狐の耳の感じを判別するのは難しいだろう。

ちなみに俺たちは、オエド城からほど近いところにある高級宿に宿泊している。

八岐大蛇を撃破した褒賞の一つとして、タダで泊めてもらえることになったのだ。この国のお金が乏しい状態なのでありがたい。

そしてこれがなかなか良い宿だった。

ＶＩＰ専用の客室だというのもあるが、広い部屋がいくつもあって、風情のある庭までついているし、サービスも申し分ない。

しかもこの宿には温泉があった。

温泉というのは、地中から湧き出してくるお湯を用いて作られた入浴施設のことで、火山の多いエドウ国には温泉地が非常に多く存在するらしい。

「とても良い湯で、何度も入ってしまう」

リルはこの温泉が大いに気に入ったようで、お陰でずっと宿に籠っていても苦ではない様子である。

もちろん俺も温泉が好きだ。

前世では日々の魔法研究で疲れた身体と心を癒すため、毎日のように温泉に入っていたくらいだしな。健康で長く生きられたのは、きっと温泉のお陰でもあるだろう。

当然ながら入らないという選択肢などない。

「で、何であんたが女湯に入ろうとしてんのよ？」

「だって僕、赤ちゃんだよ？　赤ちゃんは一人じゃお風呂に入れないでしょ？」

「あんたは一人で風呂どころかダンジョンにすら潜れるでしょうが」

女湯に入ろうとしたら、またしてもアンジェに止められてしまった。

「大人しく男湯に行ってなさい」

男湯の方にポイッと投げ捨てられる。

「酷い！　児童虐待！　育児放棄！」

必死に抗議するも、アンジェは無視して女湯の方に行ってしまう。

だがこの程度で諦める俺ではない。

「ばぶーばぶー」

女湯の前の廊下に寝転がり、赤ちゃんらしい声を出す俺。

そう、女性客に拾ってもらい、そのまま一緒に女湯に入れてもらおうというのだ！

完璧な赤子を演じておけば、さすがのアンジェもその女性客から俺を奪い取り、強引に追い出すような非道な真似はできないだろう！

我ながら完璧すぎる作戦である。

『……どこがですか？』

すぐに足音が近づいてきた。

その気配だけで分かる！　間違いなく女性！　しかも巨乳だ！

「あらあら、こんなところに赤ちゃん？　パパやママはどこに行っちゃったのかしら？」

やはり女性の声だ！

「ばぶーばぶーばぶー」

「それにしても、すごくかわいい子ねぇ。なんとなく異国風の顔立ちだし……」

さあ、俺を抱きかかえるがいい！

「ばぶーばぶーばぶー」

「うふふ、もしかして温泉に入りたいのかしら？　それじゃあ、おばさんと一緒に入ってみる？」

「ば、ぶ……？」

俺を抱き上げてくれたのは、五十代くらいと思われる恰幅のいい中年女性だった。

「ばぶうううううっ!?」

『よかったですね。マスターの大好きな巨乳の方で』


その日、俺たちが泊まっている宿に、将軍の直属の家臣だという男がやってきた。

「実は貴殿らの腕を見込んで、お願いしたいことがあるでござる。三日後、公方様はオエド城を発ち、ニコウの地にあるトウショグウという神社に赴かねばならぬ。だが道中の護衛に不安があっての……ぜひ貴殿らのお力を貸していただけぬでござろうか？」

トウショグウは、初代将軍を祀っている神社らしい。

人間が死後に神様の一種になるというのは、あまり西方にはない文化だが、ともかく将軍家にとってその神社は非常に重要な意味を持つようだ。

「別に構わないけど……将軍の護衛なんだから、元から十分な人員を割いてるはずでしょ？　僕らの手を借りるまでもない気がするけど」

正直ちょっと面倒だなと思いつつ、俺は使者にそんな質問を返してみた。

「それが近年、政権の転覆を狙う、凶悪な忍者組織が暗躍しておりましての……。最近もオエド城内への侵入を許し、あわやという事態もあったほどでござる」

なるほど、だからオエド城内の警備があれほど厳重なのか。

謁見のときにも違和感があった。

『簾の向こうの気配もおかしかったですね』

『そうだな。恐らく将軍本人はあそこにいなかったのだろう。別のところで喋って、声だけをあの簾の奥から流してたんだ。カラクリを使えば、それくらいは難しいことではないはず』

ちなみに忍者というのは、かつての戦乱の時代、武将に仕えて暗殺や謀術、あるいは破壊活動や諜報などを行っていた者たちだという。

太平の時代になりその大部分は役目を終えたが、彼らの一部は裏社会で生き残り、密かにこの時代まで存在し続けてきたらしい。

そしていつしか思想的にも先鋭化してしまった彼らは、政権を破壊し、再び戦国の世へ戻そうと画策し始めたそうだ。

「そうして状況を鑑みて、ここ数年、トウショグウへの御幸《みゆき》は中止していたのでござるが、今年は六十年に一度の特別な年でしての。さすがにお参りしないわけにはいかぬということになったのでござる。しかし奴らにとっては、公方様を狙う絶好の機会……もちろん我々も抜かりなく護衛体制を整えているが、念には念をというわけで、こうして貴殿らのお力をと考えたのでござる」

「そうなんだ。だから街に戻ってきてから、ずっと監視されてるような気配があったんだね」

「っ……気づいていたでござるか？」

俺たちが信頼に足る人間かどうか、調査していたのだろう。

宿を用意してくれたのも、指定した宿の方が監視しやすいからかもしれない。

『おかしいですね？　ここ数日のマスターの行動、どう考えても信頼できる人物のそれではありませんでしたが』

リントヴルムが何か言ってるが、俺は自分自身の行動に恥ずべきところは一切なかったと断言できる（キリッ）。

『……せめて少しは恥じてください』

ちなみに俺以外も感づいていたらしく、

「ん、見られてた」

「そうね、鬱陶しくて一回ぶん殴ってやろうと思ったら逃げてったわ」

「我には匂いで丸わかりだ。敵意は感じず、放っておいたが」

「……拙者、まったく分からなかったでござる」

気づかなかったのは鈍感なカレンだけだ。

「も、申し訳ありませぬ。勝手にそのような真似を……」

「気にしてないよ。将軍の護衛となると、それくらいのことは当然だろうからね」

寛大な赤ちゃんに、使者は感謝を口にしてから、

「無論、相応の報酬をお支払いいたす所存でござる」

「いくらでござるか!?」

使者に詰め寄ったのはカレンだ。

「そ、そうでござるな……貴殿らは伝説の八岐大蛇を討伐されるほどの実力者……となれば、一人当たり最低でも五百万圓は……」

「五百万！　受ける！　受けるでござるよ！」

五百万圓と聞いてカレンが目を輝かせる。

一千万圓の借金を抱えている彼女にとって、一気に稼げる絶好のチャンスだろう。

「ん、面白そう」

「忍者って強いのかしら？　腕が鳴るわね」

ファナとアンジェも乗り気だ。

こうして俺たちは将軍の護衛として、ニコウというところに行くことになったのだった。


将軍を乗せたカラクリ馬車が街道を進んでいく。

その前後左右を固めているのは、総勢三百人を超える同行者たちだ。

実はこれでも少ない方で、普通の御幸なら千人規模らしい。

というのもトウショグウは初代将軍が眠る神聖な地であり、大勢で賑やかに向かうのはあまりよろしくないとされているからだ。

そういう中にあって、護衛の兵士は百人を超えている。それだけ敵の襲撃を警戒しているということだろう。

さらに護衛は人間だけではない。

平賀源子が作ったというカラクリ兵が何体も配置されていた。

「面白い武器を持ってる人もいるわね」

「ん、初めて見た」

「あれは〝さすまた〟でござるな。敵を取り押さえる道具でござるよ」

長い棒状の道具で、先端部がU字になっている。

そのままだと簡単に逃げられそうだが、きっと何らかのカラクリが仕込まれているのだろう。

一行の上空には、小さな物体が飛んでいた。

地上を監視し、怪しいものが近づいてくると警報音を鳴らしてくれるという飛行型のカラクリである。

「羽を回転させることで空を飛んでるんだって。鳥とか昆虫とは、まったく違う飛び方だよ。よくそんな方法を発見したよね」

その仕組みに思わず感心してしまう。

「我が国には昔から〝竹とんぼ〟と呼ばれる子供のおもちゃがあるでござる。もしかしたら、それと同じ原理かもしれぬ」

「あれ、もしかして今、カレンお姉ちゃんにしてはちょっと賢いこと言った？」

「ふふん、そうでござろう」

ニコウは山に囲まれたところにあるそうだ。

そのため途中で峠を越える必要があり、忍者集団に襲われるとしたらそのあたりの可能性が高いと言われていた。

そうしていよいよ一行は、その峠へと差し掛かった。

当然あらかじめ偵察隊を行かせ、危険がないことを確かめているはずだが、それでも同行者たちの間に緊張が走る。

「……空からだ」

「師匠？」

最初にそれに気づいたのは俺だった。

念のため索敵魔法を使っていたからだが、それでも少し遅れたのは、予想していなかった上空から現れたせいだ。

つい先ほど、飛行型のカラクリについて話してたのにな。

しかしまさか、カラクリで人間まで飛行させられるとは思っていなかった。ブーメランに似た形状の謎の翼を広げ、人間がゆっくりと滑空してきたのである。

それも一人だけではない。

同じような黒い装束に身を包んだ者たちが、次々と空に姿を現したのだ。

間違いなく忍者である。

「気をつけて！　襲撃は空からだよ！」

俺が叫ぶと、みんなが一斉に空を見上げて息を呑む。

彼らもまた、こんな手段があるとは思っていなかったようで、

「空からだと!?」

「なんだあの翼は!?　何かのカラクリか!?」

「しかも数が多いぞ！」

空を呆然と見上げながら狼狽えている者も少なくない。

だが将軍の護衛というだけあって、その多くは即座に適切な反応を示した。

「焦る必要はない！　むしろ先に気づいた以上、こちらが有利でござる！」

「悠長に空から降りてきてくれている！　今のうちに矢で狙い撃て！」

「あのカラクリの翼を狙え！　身体よりも当たりやすい上に、破壊すれば地上まで真っ逆さまだ！」

兵たちはすぐさま戦闘態勢を整える。

そうして矢を放とうとしたときだった。忍者たちが地上めがけて投げた球状の物体。それらが地面に当たった瞬間に猛烈な勢いで煙が噴出し、一帯に拡散した。

「まずいっ！　煙幕だ!?」

「くっ……何も見えないぞ……っ！」

あっという間に視界が煙に覆われてしまう。

直後に着地音が聞こえてきて、兵士たちの悲鳴が響き渡った。

「あの高さから落下してきたのか。しかもこの視界の中で動き回っている？」

何らかの方法で、煙の中でも問題なく敵味方を見分けられるようにしているのだろう。

このままでは一方的に蹂躙されてしまう。

「ん、任せて」

ファナが魔法で突風を引き起こす。

見る見るうちに煙幕が風に流されていき、地上で猛威を振るう忍者たちの姿が露わになった。

「助かったぞ！」

「敵の数は少なくないが、それでもこちらの方が多い！」

「一歩たりとも将軍に近づけさせるな！」

奇襲によって何人か負傷したものの、護衛たちの士気は非常に高い。精鋭ばかりが集まっているとあって、腕にも自信があるのだろう。

一気に敵を撃退しようと、忍者集団に躍りかかる。

「もらった！　なにっ……？　刃が通らない、だと!?」

「こっちもだ!?　こいつら装束の中に何か硬いものを着こんでおるぞ！」

しかしそう簡単にはいかなかった。

どうやら忍者たちは装束の下に防具を仕込んでいるらしく、なかなか剣でダメージを与えられないのだ。

「なのにこの素早さはなんだ!?」

「くっ、矢を躱された……っ！」

忍者たちは、その俊敏さと曲芸めいた動きで精鋭の護衛兵たちを翻弄している。

さらに彼らは攻撃手段も特殊だった。

短めの剣で接近戦をしつつも、手裏剣と呼ばれる手投げの武器を使ったり、毒矢を吹いたり、爆発物を投げたりといった搦め手を多用してくるのだ。

戦闘より暗殺や謀術に長けた連中らしいやり口である。

加えて隠形によって身を潜めたり、先ほどのような煙幕玉を投げたりしてくるため、かなり厄介だ。

「柳生心念流・滝落」

カレンの繰り出した斬撃が、忍者の頭部を直撃する。

さすがにこれには一溜りもないと思われた忍者だったが、直後に手裏剣を投擲した。カレンはギリギリでそれを躱す。

「っ!?　反撃してきたでござる!?　拙者の攻撃が、まるで効いておらぬでござるか!?」

予想外のカウンターを受け、困惑するカレン。

「……いや、今の手応え、人間の頭蓋にしても硬すぎるでござる！　兜を仕込んでいるとしても、あの程度の厚さでは、今の拙者の剣を防ぐのは難しいはず……っ！」

「ん」

さらにファナの剣が忍者の胴を斬り裂く。同時に風が衣服をズタズタにした。

「……金属？」

衣服の奥に覗いていたのは、人間の皮膚や骨ではなく、金属製の何かだった。

「へえ、こいつらもしかして、身体ごとカラクリに改造されてるんじゃない？」

俺の予想を裏付けるように、忍者たちの手首が突然ポキリと折れた。

そこにあったのは銃口だ。放たれた弾丸が護衛兵たちを襲う。

さらに忍者たちの中には、足のつま先から手裏剣を発射する者もいた。

「なんだ、こやつらは!?」

「こんな忍者、聞いたことないぞ……っ!?」

未だかつて対峙したことのない特殊な忍者集団に、護衛兵たちは大いに苦戦している。

そんな中、背中から風を噴射させることで大跳躍した忍者たちが、一気に将軍を運ぶ馬車へと迫った。

「させぬでござるっ！」

「忍者風情が、将軍に近づけると思うな！」

「我が命に代えて、将軍をお守りする！」

それを迎え撃ったのが、精鋭中の精鋭剣士たちだ。

馬車の周辺で激しい攻防が繰り広げられる。

「なかなか面白い展開になってきたじゃないの！」

獰猛な笑みを浮かべたアンジェが、強烈な蹴りを忍者の頭部に叩き込み、吹き飛ばす。

普通なら今ので死んでいてもおかしくないが、まったく痛みを感じないのか、忍者は何事もなかったかのように起き上がると、手首の先から弾丸を放った。

アンジェはそれを土壁で防ぐと、

「随分と頑丈じゃない！　けど、これならどうかしら!?」

一気に距離を詰め、いきなり忍者に組みついた。

そこからいつの間にか両足で忍者の頭を挟み込んだかと思うと、バキバキバキッ、という音と共に忍者の首があらぬ方向に曲がる。

「カラテ道場で学んだ絞め技よ！　首を折られたら、さすがにもう動けないでしょ！」

「アンジェお姉ちゃん、危ないよ！　すぐに離れて！」

「え？　っ……」

ドオオオオオオオオオオオオオオンッ!!

凄まじい爆発が起こった。忍者が自爆したのである。

「ちょっ……何なのよ、今の!?」

咄嗟に土の壁を作りつつ距離を取っていたアンジェは無事のようだ。

「こいつ自爆までするのか！　みんな、気をつけて！」

慌てて注意を促すが、残念ながら忍者たちは一枚上手だった。

やられそうになると自分から相手に抱き着き、密着したまま自爆を発動したのだ。

「っ、は、離れるでござる……っ!?」

最初にその餌食となったのがカレンだ。

ドオオオオオオオオオオオンッ!!

忍者の自爆攻撃がカレンを襲う。

「っ……危なかったでござる！」

だが爆発と同時にカレンは大きく距離を取っていた。見たところ無傷だ。

「自爆の寸前に僅かに腕の力が落ちるでござる！　その隙に逃げて距離を取れば大丈夫でござるよ！」

そう本人は訴えているが、それをやるには相応の瞬発力が必要で、恐らく護衛兵たちの大半にそんな真似は不可能だろう。

ドオオオオオオオオオオンッ!!

「ん、確かに逃げれる」

……ファナは当たり前のようにやっているが。

ドオオオオオオオオオオオンッ!!

「このくらい、逃げずとも耐え切れる」

リルは逃げてすらいない。神話級の魔物である彼女にとって、人化していてもこの程度の自爆など効かないのだろう。

「みんなは真似しないでね！」

「「「するかあああああっ！」」」

自爆しようと飛びかかってくる忍者から、必死に逃げ惑う護衛兵たち。

中にはさすまたで押さえ込もうとする者もいた。

ぐいいいいいいいいんっ!!

「あ、それ、伸びるんだ」

どうやらさすまたは自在に伸縮が可能らしく、それで自爆忍者から距離を取っている。

なかなか上手い使い方だ。

また、カラクリ兵が忍者の自爆攻撃を引き受けたりもしている。

それでも自爆でやられてしまう護衛兵は少なくなかった。忍者一体の自爆に複数人が巻き込まれるため、負傷者が続出してしまう。

「ぐ……無念……」

「領域治癒」

「……？　き、傷が……？」

俺が発動した範囲系治癒魔法で、負傷者の傷がまとまって癒えていく。

大勢を一度に回復させられるだけでなく、少し怪我の度合いが大きい人がいると、自動的に治癒効果が高まるという優れものである。

「お、ちょっと焦ってる？」

忍者たちは顔の大部分を隠しているので感情が読みづらいが、それでも少し焦ったのが分かった。

まぁ、せっかく自爆で敵を巻き添えにしたというのに、あっさり回復されてしまってはコスパが悪すぎるもんな。

それを俺の仕業と気づいたのか、忍者たちが一斉に躍りかかってきた。

「百雷」

彼らの頭上に小さな雷が次々と降り注ぐ。

一撃一撃はそれほど高威力ではないが、同時に複数の対象を攻撃できる魔法だ。

「「「～～～っ!?」」」

雷を浴びて、動きが止まる忍者たち。

「やっぱりね。カラクリは電気に弱いから試してみたけど、身体をカラクリ化された君たちも同じなんだ。……あ、自爆しそう」

俺の周りを取り囲む忍者たちが、一斉に自爆する。

上手く動作できなくなっても、自爆スイッチくらいは起動できるようだ。

俺は結界を展開し、爆発を完全に防ぐ。

そうして気づけば当初は五十体を超えていた忍者たちが、僅か数体を残すのみとなっていた。

それでもどうにか目標を達成しようと、残った者たちが将軍の馬車へと突っ込んでいく。

だが将軍を守護する精鋭の護衛たちは接近すら許さなかった。

ついには最後の一体が、カラクリ兵に押さえ込まれながら自爆しようとする。

「凍結」

その前に魔法で凍らせてやると、自爆が発動せずそのまま氷像と化した。

「あとで解体してみたいから、このまま持って帰ろうと思ってさ」

「そ、そうか……。しかし、西方にはとんでもない連中がいたものだな……。八岐大蛇を討伐したと聞いたときは何かの間違いだろうと思っていたが、今の戦いぶりを見ていると、疑うのが難しくなってしまった」

そんなふうに護衛兵たちに驚かれつつ、亜空間内に凍った忍者を放り込んでおく。

「『今どこに消えた!?』」

その後は忍者集団に襲われることもなく、無事に峠を抜け、旅は順調に進んだ。

やがてニコウと呼ばれる山間の小さな街に辿り着く。

「ここニコウは我が国でも有数の温泉地でござる。その優れた効能は、オエドにあるそれとは比較にもならぬでござるよ。毎日浸かり続けるだけで、十年は若返ると言われているほど。疲労回復や傷の治癒にも効果があり、かつての戦国武将たちも愛したと言われているでござる」

カレンが詳しく教えてくれる。

「へえ、十年若返るかぁ。それが本当なら、十歳になるたびに来て何度でも赤ちゃんに戻れるってことだね」

『そんな都合のいい効能などありません』

このニコウの街には、将軍が滞在するときのためだけに建てられた専用の屋敷があった。

さすがにオエド城とは比べられないが、三百人を超える将軍一行を迎えてもまだまだ余裕があるほどの広さである。

俺たちもこの屋敷の一室を宛がわれた。将軍滞在のこの期間、基本的には自由に過ごして構わないとのことだった。

トウショグウへお参りにいくときだけ、再び護衛としての役目があるらしい。

「温泉にも自由に入ってよいとのことでござるよ」

「それはありがたい。我が主よ、早速入ってきても構わぬか？」

「いいよ！　せっかくだし、みんなで一緒に入ろうよ！」

「当然あんたは男湯よ？」

「えー、やだやだやだ！　僕もみんなと一緒のお湯に入りたああああああい！」

赤ちゃんらしく必死に駄々を捏ねたのだが、結局、俺だけ男湯に入る羽目になった。

「酷すぎる……赤ちゃんなのに……そもそも魔力回路の治療とかで、すでに裸は見てるよね？　今さら見られたところで困らないでしょ？」

『キモ男らしい言い分ですね』

屋外に作られた温泉は相当な広さだった。ちょっとした池くらいはあるだろうか。

庭園というのか、周りには植物や岩などが置かれており、東方特有の趣が感じられる。

お湯は白濁していて、底まで見ることができない。

普通の護衛や付き人は別の温泉を使うらしく、俺以外、誰も見当たらなかった。

「まぁ、こんな広いお風呂が貸し切り状態なんて、それはそれで悪くないけどね！」

ヤケクソ気味に叫んで、お湯に飛び込む。

「ふ～～、生き返るねぇ～～」

『ジジイ臭いです、マスター。まぁ中身は正真正銘のジジイなので仕方ありませんが』

温泉の周りは竹垣と呼ばれる塀で遮られているのだが、その向こうから女性陣の声が聞こえてくる。

「ん、いい湯」

「空が広くてすごく開放的ね！」

「しかもほとんど貸し切りでござるよ！」

「うむ、これは癒される」

くっ、なんという生殺しだ……。

「あの竹垣、後で直すからちょっと穴開けてもいいかな？」

『覗きは犯罪ですよ』

と、そのとき俺はあることに気づいた。

「なんだ？　お湯に流れがある……？　屋外で風が吹いているからか？　いや、今は無風だ。湯口は離れた位置にあるし……もしかして！」

俺は流れの発生源を探るため、お湯に潜った。

視界が非常に悪くて先が見えないが、魔力を反響させることで周囲の状況を把握する。

あそこだ！

すぐにそれを発見した。浴槽は天然の岩で構成されているのだが、その一部に穴が開いていたのだ。

しかもその穴はずっと奥まで続いている。

ちょうど隣の女湯の方向だ。

「あれあれあれ～、温泉、こっちまで続いてるね～。せっかくだし、ちょっと行ってみよ～」

俺は潜水でその穴へと身体を滑り込ませる。

赤子の小さな身体でなければ、絶対に通れなかっただろう。

『覗きどころか、堂々と女湯に侵入しようとは……もはや変態を通り越して性犯罪者です、マスター』

『いやいや、俺はあくまで広い男湯内を探検してるだけだからね？　この穴がもしかしたら女湯に繋がってるなんてことがあるかもしれないけど、それは不可抗力だよ。この先が女湯だなんて、どこにも書いてなかったしねぇ』

やがて穴の向こう側へ辿り着くと、お湯から勢いよく顔を出した。

「ぷはぁっ！　こっちも良い湯だねぇ～っ！」

そこには男湯に勝るとも劣らない広さの浴槽があったのだが、

「っ、そなた、どこから入ってきたのぢゃ？」

「……あれ？」

ファナたちの姿はなかった。

代わりに湯船で寛いでいたのは、一人の美女。

年齢は二十歳前後くらいだろうか。

濡れそぼった黒い髪に、白磁のような肌、そして温泉なのだから当然だが一糸まとわぬ姿で、いきなり湯の中から現れた俺に驚いている。

何より俺の注意を引いたのが、白濁した湯の奥に微かに見える、素晴らしい爆乳だ。

俺は即座に嘆願していた。

「ママァァン、抱っこしてえええええええっ!!」

「いやいや、いきなりどういう了見ぢゃ？　しかもここは余専用の湯ぢゃぞ。どこから入ってきたのぢゃ？」

「え？」

てっきりファナたちのいる女湯に来たとばかり思っていたが、どうやら別のところに迷い込んでしまったらしい。

『この湯の周辺に、何人もの護衛がいますね』

『……言われてみれば。お風呂に入るのに、この厳重な警戒態勢……』

しかも屋敷内に専用の湯があるとすれば、おのずとある結論に至る。

「もしかしてだけど……徳山将軍？」

「うむ、余が第三十六代将軍徳山家隆ぢゃ」

そのとき近くの竹垣の向こうから家臣のものと思われる声。

「公方様、どうかなされましたか?」

「ああ、何でもない。気にするな」

ここで侵入者だと告げれば、即座に護衛たちが乗り込んできて大変なことになっただろうが、彼女の返答のお陰で事なきを得た。

「普通なら即座につまみ出すところぢゃが、そなたには色々と世話になったからの」

「ええと……将軍は女性だったの?」

「その通りぢゃ」

隠す様子もなく、美女はあっさりと頷く。

「てっきり男だと思ってた。簾の向こうに人の気配がないし、声もちょっと変だなとは感じてたけど……」

「ほう、それに気づいておったか」

将軍は少し驚いてから、

「いや、済まなかったの。いくら柳生権蔵の紹介とはいえ、昨今の状況を考えたらどうしても警戒する必要があったのぢゃ。余が男のふりをしているのもそのためぢゃしの」

この事実は、家臣たちの中でもごく一部の者しか知らないそうだ。

「つまりそれだけやつらの存在を危険視しているということぢゃ」

権謀術数を得意とする忍者は、いつどこから内部に入り込んでいるとも分からない。

それで男だと偽ることにしたという。これなら万一、敵に狙われたとしても、女性の格好をしている彼女を将軍本人だと気づくのは難しいはずだった。

将軍は基本的に男が継ぐのが習わしだ。

だが男の世継ぎに恵まれなかった場合は例外で、過去には女の将軍も普通にいるらしい。

「先代は余も含めて十人もの子がいたにもかかわらず、全員が女だったのぢゃ。そこで正室の長女であった余が、将軍家を継ぐことになったのぢゃよ」

……十人連続で女の子か。

エンバラ王家の血が入ってるんじゃないか、ってくらいの確率だな。

ただ、詳しく聞いてみると、どうやら実際には男の子も生まれていたが、生まれてすぐに亡くなったり、障害があって将軍家の子供と認められなかったりといったケースも少なくなかったらしい。

「本来なら余が将軍に就任するときに、女であることは公表するはずだったのぢゃがの。家臣からの進言を受けて、急遽、隠すことにしたのぢゃ」

ちなみに家隆という名は、就任と同時に戴いたそうだ。

いずれ忍者集団の脅威が解消されたら、そのときはじめて世間的にも当代将軍が女であることを明かすつもりだとか。

「ところで……そなた、もしかしておっぱいに飢えておるのか？　先ほどからじっと凝視しておるが」

俺の視線に気づいていたのか、にやりと笑う将軍。

「はい、飢えてます！　僕、赤ちゃんなので！」

そう、赤ちゃんだから仕方ないよね！

「カラクリ人形でもそうなのか？」

「西方のカラクリ人形はおっぱいだって飲めるんだ！」

「そうかそうか。実は余は三人の子の母親でもあっての。三人目は生まれたばかりの乳飲み子なのぢゃ。余も自ら母乳をあげることもある」

「と、いうことは……」

将軍は言った。

「飲むかの？」

俺は即答した。

「飲むううううううううううううっ!!」

赤ちゃんだから、おっぱい飲むのは当然だよね！

たとえそれが赤の他人のママのおっぱいだとしても、飲めるなら飲むよね！

ただし、と将軍は続けた。

「一つ条件があるのぢゃ」

「条件!?　何でもいいよ！　おっぱい飲めるなら何でもする！」

「ほほう、何でもよいか、そうかそうか。確かに言質は取ったぞ？　ならば、好きなだけ飲むがよい」

「わああああああいっ！」

俺は将軍の胸へと飛び込むと、勢いよく乳首にしゃぶりつく。

ちゅぱちゅぱちゅぱちゅぱ……。

「ん～～～～っ！（やっぱり直母は最高だぜえええええええっ!!）」

そうして俺はしばしの間、おっぱいを堪能しまくったのだった。


「師匠、顔色がいい。何があった？」

「ふふふふ～、分かる～、ファナお姉ちゃん？」

「ずっとニヤニヤしてるんだから誰でも分かるに決まってるでしょ。気持ち悪いくらいよ」

「きっとニコウの温泉を気に入ったのでござろう。噂通り、素晴らしい湯でござったな」

「確かにとってもいいお湯だったなぁ！」

爆乳からの直母という、考えうる限り最高のひと時を堪能できた俺は、温泉を出た後もずっと上機嫌だった。

なんだか身体の奥底から力が湧いてくる感じもする。

最近はすでに大人と同じ食事をしているが、やはり赤子のこの身体は、定期的におっぱいを飲む必要があるのかもしれない。

いや、きっとそうだ、そうに違いない！

「また飲ませてくれないかなぁ」

『そんなことより、マスター。それと引き換えに、なかなか面倒な条件を飲まされましたね』

実は将軍から、おっぱいを飲ませてもらう代わりに、あることを依頼されたのだ。

「忍者集団の本拠地を見つけたら、壊滅作戦に手を貸してほしいってやつだな」

『そうです。それがどこにあるかも分からないというのに、果たしてどれだけ時間がかかることか……』

当然ながら幕府も懸命に探しているそうだが、まだ手がかりすら摑めていないという。

将軍からは何か分かればすぐに連絡すると言われたが、一体いつになることか。

『マスターが一時の性欲に負けて、あっさり承諾するからです』

「おっぱいを飲めることと比べたら大したことじゃない！（キリッ）」

『……』

「それに、そんなに時間を要するとは思ってないぞ」

『と、申しますと？』

一応、忍者集団の本拠地について、俺にはある目星がついているのだ。

「森の中に隠れて密かに戦況を見ている忍者がいたから、こっそり目印を付けておいた。どこに逃げ帰るのか分かるようにな」

『なるほど。だから戦闘が始まってすぐには動かなかったのですね』

その目印は今、とある場所で停止しているので、そこが奴らの本拠地である可能性が高いだろう。

その後、再襲撃が懸念されていたトウショグウへの参拝時には何事もなかった。

本来なら一週間ほどニコウに滞在する予定だったが、急遽、三日間に変更してオエドへの帰路に就くことに。

帰り道の襲撃もなく、将軍御一行は無事にオエド城へと帰還できたのだった。

翌日、俺たちは再び平賀源子のところを訪れていた。

「これがカラクリ化された忍者だよ」

「人間をカラクリに改造するなんて、倫理観どないなっとんねん」

あのとき丸ごと凍らせることで自爆を止め、亜空間に入れておいた忍者を彼女に調べてもらうためだ。

カラクリについて彼女以上に詳しい人間はいないからな。

「もちろん、うちかて人のカラクリ化くらい考えたことはあるで。ただ、せいぜい腕に武器を仕込ませたり、人工筋肉で身体能力を強化させたりとか、その程度や。さすがにここまではなぁ……なんせ、人間の要素がほとんど残っとらんし。脳まで弄られとるで」

どうやら忍者たちは全身の大部分をカラクリ化されていたようだ。

「そもそも相当な知識と技術がないと難しいよね？」

「せやな。うちですら、本物の人間でここまで持ってこようとしたら数年はかかるやろう」

「それができる人間に心当たりある？」

当然ながらすでに将軍直々の調査が、源子とこの研究所に入っているはずだ。なにせ人間をカラクリ化するという芸当が可能なのが、ここ以外にないからな。実は裏で忍者集団と繋がっているのではないかと、疑いをもたれるのも仕方ないだろう。

源子は珍しく神妙な顔でしばし沈黙してから、ゆっくりと頷いた。

「……あるで。すでに役人にも話したんやけど、以前うちに将来を嘱望されとる研究員がおったんや。そいつは平賀の血筋やないものの、うちと遜色ない才能を持っとったと言っても過言やない」

だがその研究員は、危うい思想の持ち主だったという。

「カラクリの発展のためなら、何でもありっちゅう危険な考えしとってな。そのために何体も犬や猫を解体し、殺しとったのが発覚して、研究所を追放したんや」

そう言う源子も、俺を解体しようとしてたけどな？

「その後の行方は知らへんけど……人間の身体を改造し、自爆機能まで付けるなんて真似、まさにあいつならやりそうなことや」

研究所を追放された後、忍者集団と合流し、そこで密かにカラクリの研究を続けていたのかもしれない。

「そいつの名は国友一当斎。うちの知る限り、東方一の異常者や」

……明らかに変人である源子がそう断言するとなれば、よほどヤバいやつに違いない。

第九章　鬼ヶ島

俺は再び徳山将軍のもとを訪れ、これまでに判明したことを報告していた。

「奴らの本拠地が分かったかもしれぬとのことぢゃが、それは真かの？」

簾の向こうから聞こえてくる男性の声。

それはカラクリによって作り出したもので、実際の将軍徳山家隆は若くて美人で巨乳で母性本能溢れる素晴らしい女性だ。

将軍でなければ、ぜひとも旅の仲間に加わってほしいところである。

「うん、地図で言うと、だいたいこのあたりかな」

あれから俺がつけた目印の位置と地図を照らし合わせることで、とある島と一致することを突き止めていた。

「そこはまさか、鬼ヶ島ではないかの」

「鬼ヶ島？」

「かつて多数の鬼が巣くい、人間を捕まえては喰らっていたといういわくつきの島ぢゃ。今は誰も住まぬ無人島になっているはずぢゃったが……確かに忍者どもが拠点を作るには適した場所やもしれぬ」

その鬼ヶ島との間は激しい海流があり、船での行き来は簡単ではないという。

「しかも島の周囲の大半は断崖絶壁。大勢の兵士を海から上陸させるのは至難の業ぢゃぞ……」

「大丈夫。こっちには便利な船があるからさ」


「まさか西方にはこのようなカラクリまで存在しておったとは……」

「千年以上も昔に作られた遺物で、今の西方にはこれを作れる魔法技術なんてないけどね」

まぁその当時でも、これほどの飛空艇を作り出せるのは俺くらいだったが。

エドウ国の精鋭兵士およそ百人を乗せ、セノグランデ号は忍者組織の拠点があると思われる鬼ヶ島に向かっているところなのだが……それに将軍が同行していた。

この飛空艇のことを説明すると、ぜひ自分も乗ってみたいと言い出したのである。家臣たちは必死に止めようとしていたが……。

「なに、心配せずとも、鬼ヶ島までは行かぬ」

「確かに船にいれば安全だけどさ」

「今思えば、ニコウまでもこの船で行けばよかったのぢゃ」

なお、ファナたちはまだ将軍の秘密を知らないので、

「誰？」

「あたしもさっきからずっと気になってたわ。誰なのよ、その女は？　また胸の大きな女だけど
……カレン、あんたは知ってるの？」

「いや、拙者も面識はないでござる」

アンジェに問われるが、カレンは首を振る。

「余は徳山家隆ぢゃ」

将軍はあっさり正体を明かしてしまった。

「あれ、いいの？　そんなに簡単に言っちゃって」

「お主らを信用しておるからの。それに我が国の問題にここまで力を貸してくれておるのぢゃ。偽ったままというわけにはいかぬぢゃろう」

「しょしょしょ、将軍っ!?」

カレンが慌ててその場に両膝をつき、頭を下げた。

「ももも、申し訳ございませぬ！　く、公方様とは知らず、失礼をっ……」

この国のサムライにとって、将軍というのは雲の上の存在なのだろう。

「そう畏まらずともよい。そなたは確か、柳生権蔵の弟子ぢゃったの」

「はっ、カレンにございます！」

「先日のニコウ行きの道中でも、忍者相手に大立ち回りしておったのを覚えておるぞ。我が家臣団の精鋭たちより、よほど腕が立つようぢゃの」

「お褒めいただき、身に余る光栄にござる……っ！」

将軍から直々に絶賛されて、カレンは珍しく恐縮し切っている。

そうこうしている間に、眼下に海が見えてきた。

確かに話に聞いていた通り、天気は良いというのに波が非常に高く、かなり荒々しい海だ。

危険な魔物も少なくない海域のようで、この辺りで漁を行う無謀な人間はいないという。

鬼ヶ島から近いこともあり、村や集落は一つもないそうだ。

「あれが鬼ヶ島ぢゃ」

沖の方に薄らと島が見えていた。

この距離から見ても、それなりの大きさであることが分かる。

さらに近づいていくと、断崖絶壁に囲まれたその厳つい全貌が露わになった。

ほんの僅かに浜辺が存在しているが、そんな場所から上陸するなど、敵に狙ってくださいと言っているのと同じだろう。

幸い魔導飛空艇ならどこからでも上陸できる。

断崖絶壁を越えて島の上空を悠々と飛行していると、中心部に建造物が存在していることが分かった。

物々しい雰囲気の古い建物だが、周辺の草木が奇麗に刈られていたり、外壁がそれほど風化していなかったりと、明らかに人の手で維持されている印象だ。

「きっとあれだね、忍者たちの本拠地は」

ちなみに政権転覆を図るこの忍者組織だが、そのトップについては不確かながらある情報が得られているという。

伝説の忍・服部半兵衛。その血を継ぐとされる、服部ハンナという名の若き女忍者――すなわち、くノ一らしい。

『どんなくノ一だろう！　今からワクワクするぜ！』

『敵ですよ、マスター？』

飛空艇を建物のすぐ真上まで飛ばす。もちろんステルスモードにしているので、向こうは接近にすら気づいていないはずだ。

「準備はいいね」

「「「おう！」」」

兵士たちはやる気満々だ。

これまで神出鬼没の忍者集団から奇襲を受けるばかりだった彼らである。そのたびに少なくない被害を受け、歯噛みしてきたのだ。

それが今回、自分たちが拠点に乗り込み、組織そのものを掃討できるというのだから、士気が高いのも当然だろう。

昇降機能を利用し、百人もの兵を続々と地上へ降ろしていく。

建物の周辺、あるいは屋上の各所に、襲撃場所を散らしながらの降下だ。

これに驚いたのが本拠地にいた忍者たちである。さすがに四六時中あの装束姿というわけにもいかないのだろう、普段着で寛いでいた者たちもいて、突然の侵入者たちに慌てふためいている。

「僕たちも行くよ」

俺たちも昇降機能で地上へ降り立った。

近くの窓から建物内へと侵入する。

「ざっと探知魔法で調べた感じ、この建物の地下に広い空間があるみたい。恐らくそっちが本丸だろうね」

途中で何度か忍者と戦いになりはしたが、エドウの兵士たちが暴れてくれているお陰で、すんなりと地下に続く階段の近くまでやってくることができた。

「ん、何か厳ついのがいる」

「仁王像でござるが……」

地下への階段を守護するように、その両脇に立っていた高さ二メートルの二体の像が、ゆっくりと動き出す。

「カラクリ兵ってやつね！　見た目的にはなかなか強そうじゃない！」

二体のカラクリ兵は、それぞれ棒の両側に槍状の刃がついた特殊な武器を手に、こちらへ躍りかかってきた。

だが正直、俺たちの敵ではなかった。

ファナの斬撃が一体の胴部をあっさり両断すると、アンジェの蹴りがもう一体を吹き飛ばして壁にめり込ませる。

直後にどちらも自爆したが、俺が展開した結界で熱と爆風を完全に防ぐ。

「先に進むよ」

階段を下りて行った先は、カラクリ仕掛けのオンパレードだった。

行き止まりのように見えて実は壁が回転するようになっていたり、床が移動して同じ場所に戻されてしまったり、侵入者を阻むトラップが随所に設置されていたのである。

入ると部屋そのものがぐるりと回転し、出入口が塞がれるカラクリもあった。

ずずずずず……。

「ん、天井が落ちてくる」

「あたしらを押し潰そうってわけね」

「拙者に任せるでござる」

逃げ道を奪われて天井が迫ってくる中、カレンは刀を構えると、

「柳生心念流・満月」

繰り出したのは奇麗な円を描くような斬撃だった。

壁がすっぱりと円形に斬り取られる。

「これで向こう側に行けるでござるよ」

斬った部分を蹴り飛ばすと、壁の向こう側に落下。別の部屋が続いていた。

他にも床を踏むと矢が飛んできたり、落とし穴が開いて剣山の上に落とされそうになったりといった、ダンジョンのトラップでもよくあるようなカラクリに遭遇しつつ、俺たちは先へと進んだ。

やがて辿り着いたのは、かなり広い場所だった。

床にはこの国特有の畳が敷き詰められているのだが、それが百枚、いや、二百枚くらいはあるだろうか。徳山将軍との謁見の間にも匹敵する広さだ。

部屋の奥には一つの人影があった。

「ククク、まさか、ここまで辿り着く者がいるとはな。しかも攻め込まれるまで、まるで気づかなかった。一体いかなる方法で海を渡り、あの断崖絶壁を越えてきたのか、実に興味深いが……詳しいことは生け捕りにしてから、じっくり教えてもらうとしよう」

二十代後半くらいの男だ。

背が高く病的なほど痩せているが、目はぎょろりと大きくて、カマキリを思わせる。

「おじさんは？」

「我は国友一当斎。カラクリの天才にして、世界にカラクリ革命を起こす男だ」

その名前には聞き覚えがあった。

「ええと……もしかして、平賀源子が言ってた危険思想のせいで研究所を追放された人って、おじさんのこと？」

俺が問うと、一当斎は嘲笑うように、

「ククク、あの女か。カラクリの平賀一族にあって、最高傑作と呼ばれているようだが、所詮は我の足元にも及ばぬ無能よ。なにせ倫理観という愚かな鎖に、自ら雁字搦めにされているのだからなぁ！」

直後、部屋の四方を取り囲んでいた襖と呼ばれる扉が一斉に開く。

そこにはカラクリ化された忍者たちが並んでいた。

「さあ、その身で味わうがよい、我がカラクリの神髄たちを！」

自信ありげに一当斎が明示する。

現れたカラクリ忍者たちは、これまでに遭遇した忍者たちとは見た目からして明らかに違っていた。

もはや人間とは似て非なる姿をしていたのである。

腕が何十本もあるカラクリ忍者に、全身を車そのものに改造されたカラクリ忍者、足がバッタのそれに改造されたカラクリ忍者、トロル種のような巨体に改造されたカラクリ忍者、そして四足歩行の獣のような姿に改造されたカラクリ忍者。

もはや人間の原形を留めてすらいない。

「……悍《おぞ》ましいにも程があるね」

「ククク、一からカラクリ兵を作るよりも、人間をベースにした方がいい。人工知能はまだまだ本物の知能には遠く及ばぬからな。だが平賀源子はこの最高のアイデアを、まったく聞き入れようとしなかった！　やはり愚かだ！　真の天才はやはり我！」

直後、バッタ忍者が床を蹴った。

凄まじい速度で跳躍すると、身を反転して今度は天井を蹴り、さらに加速。

「これぞ速度特化型の蝗《イナゴ》忍者だ！　こうした室内のような狭い場所で、床や壁を幾度も跳躍しながらどんどん速度を増していく！　気づいたときには回避はもちろん、視認すら不可能の殺人兵器と化すのだ！」

バッタではなく蝗だったらしい。

まぁどちらでもいいのだが、確かに跳躍を繰り返すことでどんどん加速している。

「ククク、最初の餌食となるのは誰かなぁ？」

蝗忍者が一番目に迫ったのはファナだった。

しかも彼女の死角となる背後から、超高速での斬撃を放つ。

「ん、無駄」

「～～～っ⁉」

だがファナはあっさりそれを回避してみせた。

「馬鹿な、あの速度での攻撃を避けただと!?」

「風の流れを見れば、どこから来るかは丸分かり」

「っ……ククク、思いのほか、やるようだな。だが想定内だ。攻撃を避けるだけでは、蝗忍者には勝てぬぞ」

蝗忍者は直接、斬りかかっても無駄だと判断したのか、今度は跳躍しながら手裏剣を投擲した。

四方八方から超高速の手裏剣が迫る。

ガキガキガキガキンッ！

ファナはそのすべてを剣で叩き落としてしまった。

「なんだと!?」

「ん、今度はこっちから」

ファナの姿が掻き消えた。

風の後押しを受けて一気に加速した彼女は、跳躍を繰り返す蝗忍者に追いついてしまう。

「そんなに速くない」

そのまま蝗忍者の長い両足を斬り落とすと、もはや跳躍ができなくなった蝗忍者は、勢いよく壁に激突した。

「蝗忍者がやられただと……っ？　だ、だがこちらにはまだ四体も、特殊改造を施した忍者たちがいる！」

顔を歪めながら叫ぶ一当斎だが、そのときにはすでに、獣タイプのカラクリ忍者がリルに撃破されていた。

「ふむ、大したことなかったぞ」

「馬鹿なっ、獅子忍者まで!?」

一方、トロルみたいな巨体忍者は、アンジェが相手をしていた。

凄まじい膂力を誇る（らしい）巨体忍者であるが、

「ゴリティーアと比べたら、全然ひ弱なんだけど？　この程度ならあたしでも腕力勝負で勝てるわよ！」

むしろアンジェのパワーに圧倒されている。

千手忍者と名付けられた腕が何本もあるカラクリ忍者には、カレンが対峙している。無数の腕から繰り出される攻撃を刀で捌きながら、彼女は一本また一本とその腕を順番に斬り落としていく。

「これはなかなか良い修行になるでござるな！」

どちらも遠からず撃破できるだろう。

そして最後の車型の忍者は、硬い装甲による防御性能と突進力を備えていたようだが、俺の放った雷撃であっさり動作不能になった。

「あ、あり得ぬっ……我が作り出した傑作たちが、手も足も出ぬなどっ!?　くっ、この手は使いたくなかったが……致し方あるまい！」

覚悟を決めた顔で叫んだ一当斎は、いきなり足元の畳をめくりあげると、その中に身を潜めようとする。

『マスター』

「分かってる」

その様子から何をしようとしているか察した俺は、

「無限絶凍」

「～～っ!?」

その前に忍者たちをまとめて凍りつかせてやった。

「自分だけ畳の下に避難して、自爆させようとしたでしょ。その手には乗らないよ」

凍らせれば自爆できなくなることは、すでに実証済みだ。

「な、な、な、何なんだ、貴様らは!?」

頼みの綱の自爆攻撃すら防がれ、頭を抱えて叫ぶ一当斎。

「かわいい赤ちゃんとその仲間たちだよ、ばぶばぶー」

「貴様のような赤子がいるものか！　……くっ！」

「ん、逃げた」

「追いかけるでござるよ！」

一当斎が踵を返し、奥の部屋へと逃げていく。

意外と足が速いなと思ったら、どうやら靴に何らかのカラクリを仕込んでいるようだ。

後を追うと、そこは長い廊下になっていて、廊下を滑るように走る一当斎の背中が見えた。

そのまま廊下の先にある部屋へ。

「た、助けてくれっ！」

彼が助けを求めたのは、赤い装束に身を包む忍者だった。

「女の忍者もいるのね」

「あれはくノ一でござるな」

恐らく将軍が言っていた、この忍者組織のトップに立つという女忍者だろう。装束の上からも、その妖艶な体形がはっきりと見て取れる。

『くノ一おっぱいきたああああああああっ！』

けど、待てよ……あの気配は、もしかして……。

「どうやら負けたようだのう？」

「や、やつらは化け物だ！　特殊改造を施したカラクリ忍者たちが手も足も出なかったんだ……っ！」

「ふふふ、所詮そのベースは下忍。たかが知れていたということ」

「そうかもしれん！　だがお前は別格だ！　元より最強の存在であったお前を、我がありとあらゆる技術を費やし、カラクリ化させたのだ！　お前さえいれば、他の忍者など不要！　いずれ我ら二人でこの世界を支配できるだろう！」

一当斎はこちらを振り返り、勝ち誇った顔で叫ぶ。

「ククク、ハハハハハッ、今度こそ終わりだ！　彼女は伝説の忍・服部半兵衛の血を引き、この忍者集団をまとめ上げた最強のくノ一……ということになっているが、その正体は――むぐ……っ？」

くノ一がいきなり一当斎の首を掴んだかと思うと、そのまま片手一本で身体ごと持ち上げてしまった。

目を見開きながらバタバタと暴れる一当斎。

「ん、仲間割れ？」

「そんな感じね」

何をしているのかと思っていると、くノ一が顔を隠していた布を破り捨てる。

その瞳は赤く、肌は青みを帯び、そして額に一本の角が生えていた。

俺は思わず嘆息した。

「……やっぱり女型の魔族か」

「女型の魔族？」

「うん、魔族にはそもそも性別がないんだけど、見た目が女性っぽいケースがあって、それを女型と呼んでるんだ」

その女型魔族は、一当斎の首を締め上げていた手を放す。一当斎は咳き込みながら地面をのた打ち回った。

「げほげほげほっ……な、何を……？」

「人間はやはり愚かよのう。まさか、わらわが人間ごときの野望のために動くとでも思ったか？」

「なん、だと……っ？」

「お前の話に乗ったのは、ただただ利用価値があると思っただけ。幸いカラクリについては、すでに完全に理解した。もはやお前など用済みだ」

詳しいことはよく分からないが、あの女型の魔族は、元々この組織を率いていたくノ一に成り代わっていたようである。

さらにカラクリの技術を得るため、一当斎を利用していたらしい。

「人間とは根本から頭の出来が違うからの。わらわがいれば十分」

「き、貴さあぎゃっ!?」

女型魔族に蹴られ、一当斎は壁際まで転がった。

「相変わらず人間は脆弱すぎるのう。後でわらわが直々にその身体をカラクリ化してやろう。そうすれば昼夜を問わず、ずっと研究開発に没頭することができるぞ？　無論、永遠にわらわの手足として従順に働くよう、脳の方も弄らせてもらうがなぁ」

女型魔族がこちらを向く。

俺は深々とため息を吐いた。

「はあ……魔族じゃ意味ないんだよねぇ」

「……何の話だ？」

「いや、せっかくのくノ一で、しかも良い胸してるなぁって思ったんだけどさ……魔族のおっぱいは硬くて全然おっぱいじゃないんだよおおおおおっ!!　さっきちょっと期待したのにさ！　僕の期待感を返してくれ！」

俺の心からの訴えに、女型魔族は「なんだこいつは」という顔をした。

『……勝手に期待しておいて勝手に落胆するなど』

「てか、服部ハンナっていう、くノ一はどこに行ったの？」

「あの頭の悪い小娘のことかの？　当の昔にわらわが殺してやったわ」

どうやら本物のくノ一はすでにやられてしまっていたらしい。さらに女型魔族はそのくノ一に成りすまし、そのまま忍者組織そのものを乗っ取ってしまったようだ。

「何のために乗っ取ったの？　しかも自分の身体をカラクリ化までさせてさ」

俺の問いに、女型魔族はどこか恍惚とした顔になって答える。

「すべてはあのお方の復活に備えるためだ」

「あのお方？」

「ああ、そうだ！　かつて魔族の王と謳われた、至高のお方のことだ！　忌まわしき人間どもに殺されたと聞いていたが、実は密かに命を繋ぎ、復活のときを見計らっておられるのだ！」

こいつ、珍しいタイプの魔族だな。

というのも、魔族は基本的に徒党を組まない。

それどころか魔族同士も仲が悪いことが多く、同族で殺し合いをするほどだ。

まぁ人間もたまには殺し合ったり戦争をしたりするが、それでも魔族と比べれば遥かに協調性がある。

そうして女型魔族は、陶然としながらその魔族の名を口にした。

「魔王アザゼイル様！　わらわが手に入れたこのカラクリの知識はきっと、再びこの世界の支配者にならんとするあなた様の力になるだろう！」

俺は言った。

「いや、魔王アザゼイルならつい最近、復活したけど倒したよ」

「…………は？」

女型魔族は一瞬、啞然としてから、

「ふ、ふははははっ！　あのお方が倒されただと？　何の冗談だ！」

「本当だって。僕が倒したんだから」

「……あの方を侮辱する気かぁぁぁぁぁぁぁっ！」

突然、女型魔族が魔力を爆発させる。

気の弱い人間なら、これだけで気絶してしまうだろう威圧感だ。

俺はもちろん平然としつつ、亜空間からそれを取り出した。

「証拠ならここにあるよ」

魔王の心臓だ。

かなり強固な封印を施しているというのに、ドクドクと鼓動している。

「～～～～～～～～～～～～～～～～～～～～～～～っ!?」

女型魔族は目を見開いた。

「ここ、この魔力はっ……まままま、まさかっ、本当にっ!?」

「だから本当だって言ってるでしょ」

「それを寄こせえええええええええええええっ!!」

女型魔族が絶叫と共に飛びかかってくる。

同時に装束の背中側が破れ、翅が出てきた。

昆虫などの翅とよく似た感じのものだが、魔族の身体の一部ではない。恐らくカラクリの一種だろう。

その翅を猛スピードで羽ばたかせ、女型魔族が加速する。

しかしその前に立ちはだかるサムライ少女がいた。

「柳生心念流・迅雷」

カレンの繰り出した斬撃が、女型魔族の胴に叩き込まれた。

「っ!?　があああっ!?」

怒りで俺以外は見えていなかったのか、まともに技を喰らった女型魔族は吹き飛んで壁に激突してしまう。

「まぁ正直かなり弱い魔族みたいだし、僕が出るまでもないよね。カレンお姉ちゃんのいい訓練になると思うよ」

「任せておくでござる！」

「き、貴様あああああっ！　わらわを愚弄するかあああああっ!?」

さらに激高した女型魔族は、今度は腕を変形させる。

右腕は剣と化し、左腕は盾となった。

ウィイイイイイインッ、という音が響く。

よく見ると剣と盾はごく微細ながら猛スピードで振動していた。

「高速振動させることで、凄まじい切断力を実現した特殊な剣だ！」

女型魔族が軽く剣を振ると、まるで空気でも斬ったかのように近くの壁が切断される。

「そしてこの高速振動する盾は、ありとあらゆる攻撃を跳ね返すことが可能！　下手に攻撃すると、武器の方が破壊されるだろう！」

「なかなか面白い武具でござるな。しかし……拙者は負けぬ！」

「人間の小娘がっ、わらわの邪魔をするというなら、その身を無数の肉塊に変えてやる！」

翅の後押しを受け、一気にカレンとの距離を詰める女型魔族。

繰り出される振動剣を刀で受けるわけにもいかない上に、不用意な反撃も盾で防がれて刀を破壊されかねない。

「柳生心念流奥義・闘剣」

カレンの刀が闘気を帯びた。

そういえば爺さんが闘気のすべてを刀に集めた攻撃を放っていたが、どうやら柳生心念流には闘気を利用した技があるらしい。

闘気を帯びた武器は、攻撃力が上がるだけでなく頑強さも大幅に増す。

ガキイイインッ！

カレンの刀が、女型魔族の剣を受け止めた。

「振動剣を刀で受け止めただと!?　だが、ただ受け止めただけだ！　しかも自ら振動盾の届く距離に入ってきてくれるとはのう！」

女型魔族は驚きつつも、至近距離にいるカレンへ振動盾を突き出した。

恐らくあの盾、高速振動の力で、ただぶつけられただけよりも大きなダメージを受けることになるだろう。

「柳生心念流・引潮」

素早く飛び退り、盾を回避するカレン。

「逃がしはせぬ！　……む？」

追撃しようとした女型魔族が、違和感に気づいて思わず立ち止まる。

その額がばっさりと斬り裂かれていたのだ。

「馬鹿な、いつの間に？」

女型魔族は分からなかったようだが、カレンは単に後退するだけでなく、身を引きながら刀の切っ先で女型魔族を斬っていたのである。

それが引潮という剣技なのだろう。

「くっ、だがこの程度の傷、ただ軽く撫でられたようなものよ！」

「拙者が斬ったのは貴様の額だけではござらぬ」

「なに？」

直後、振動盾が真っ二つになって地面を転がった。

「っ!?」

「ついでにその盾も斬らせてもらったでござる」

正確には盾を斬ったついでに女型魔族の額も斬った感じだったけどな。

なんにしても、あの女型魔族、やはり弱い。

転生してから何度か魔族に遭遇しているが、その中でも間違いなく最弱だ。

まぁ弱いからこそ他の魔族に憧れ、カラクリに頼ってまで強くなろうとしたのだろう。

普通の魔族はプライドが高く、人間が作り出したものなんて絶対に受け入れようとしないからな。

「き、貴様ぁぁぁっ！　ならば、わらわも本気を出そうではないか！」

今度は女型魔族の両足が大きく開きながら変形、二本の刃のようなものと化す。

一体あれでどうやって移動するのだと思っていると、刃が高速回転を始めた。

女型魔族の身体が宙に浮く。

「竹とんぼでござるか」

「背中の翅と合わせれば、二本足よりもはるかに速く移動することが可能だ！」

女型魔族はドヤ顔で言うが、

「ん、ダサい」

「そうね……正直かなりカッコ悪い姿ね」

「お姉ちゃんたちもそう思った？　僕も同意見だよ」

滑稽な姿に俺たちは思わず笑ってしまう。

なんていうか、コンセプトは分かるんだが、もう少しビジュアルにも配慮してよかったのではないだろうか。

「……そうでござるか？　拙者はそこまで悪くは思わぬが……」

約一名、ピンと来ていないセンスのないサムライがいるが。

「～～～～っ！　貴様らぁぁぁっ……ぶち殺すうううううっ!!」

顔を真っ赤にして激高する女型魔族。当の本人も少し見た目のことは気にしていたのかもしれない。

「柳生心念流・迅雷」

「……え？」

その隙をついて、カレンが攻撃を仕掛けた。

背中の翅の片方を切断し、女型魔族の脇を駆け抜ける。

「あああああああああああっ!?」

翅の片方だけを失ったことでバランスを取れなくなったらしく、ぐるぐると錐揉みしながら部屋中を飛び回る女型魔族。

何度も床や天井に激突し、ようやく止まった。

「ぷぷぷ、ダサっ」

「この餓鬼があああああっ!!」

大声で叫ぶ女型魔族だが、もはやまともに移動することすらできない。

ていうか、せめて新しい翅が生え変わるようになってるとか、こういうケースを想定して、もう少し対策できただろうに。

「やっぱり雑魚だったなぁ」

「ううむ、拙者、もう少し骨のある相手と戦いたかったでござる」

「許さんっ……人間の分際で、わらわへの侮辱の数々っ……絶対に許さんぞ貴様らあああああああっ！」

と、そのときだった。

突然、部屋の奥にあった襖を突き破って、カラクリの腕が伸びてきた。

それも一本や二本ではない。

十本以上の腕のようなものが、女型魔族へ殺到する。

「な、何なのだ、これはっ⁉」

カラクリの腕に全身を拘束される女型魔族。

その様子からして当人にも予想外の事態なのだろうが、そのまま引き摺られ、襖の向こうへと連れていかれた。

「一体どうしたのでござる？」

ゴゴゴゴゴゴゴゴゴゴゴゴゴゴゴゴゴゴゴゴゴッ‼

「っ⁉　地震でござるか⁉」

突如として激しい揺れが発生し、天井や壁がギシギシと軋む。

「これは……ちょっとマズい感じだね。すぐにここから脱出した方がよさそうだよ」

建物が激しく揺れる中、俺たちは急いで地下から脱出した。

地上に出ると、カラクリ忍者たちと戦っていた兵士たちも異変を察し、建物の外へと逃げ出していた。

「やっぱり外は揺れてないね。この建物だけだ」

「な、何が起こるのでござるか？」

誰もが不安の表情で様子を見守る中、地上の建物が倒壊を始めた。

しかし単に揺れで崩れ始めたわけではない。

地中から何かが出現しようとしていて、それで地上の建物が破壊されているのだ。

ゴゴゴゴゴゴゴゴゴゴゴゴゴゴゴゴゴゴゴッ!!

やがて地上の建物を押し退けるように現れたのは、

「「でかっ!?」」

恐ろしく巨大なカラクリ兵だった。

ゆうに全長十五メートルは超えているだろうか。

人型ではあるものの、五頭身ほどの身体のバランスで、右手には幅広の剣を持ち、左手には長い銃身を有する銃器を担いでいる。

「ククク、ハハハハハハッ！　驚いただろう！　これこそが、我の最終カラクリ兵器！　カラクリ巨兵だ！」

響いてきた声は、一当斎のものだった。そういえば途中から姿を消していたな。

見ると、カラクリ巨兵の腹部のあたりが透明な壁になっていて、その奥に操縦席に座る一当斎の姿があった。

さらにその下の方からは別の声が聞こえてくる。

「一体これはどういうことだ!?　わらわはどうなっている!?」

女型魔族だ。

操縦席のすぐ下あたりに、こちらも透明な壁があり、その奥にカラクリの腕に拘束されたままの女型魔族の姿があった。

「ククク、お前はこの最終兵器の動力源だ！」

「な、何だと!?」

「この巨大兵器を動かすためには、膨大なエネルギーが必要だ。だが、現状では一度にそれだけの電力を生み出す方法がない。そこで我は考えたのだ！　魔族の持つ膨大な魔力を電力に変換することで、十分なエネルギーを生み出せるのではないかとなぁ！」

愕然とする女型魔族に、一当斎は意気揚々と語る。

「実はお前を改造するとき、密かにそのための機構も埋め込んでいたのだ！　そうとも知らずになんとも愚かな魔族だ！　ハハハハッ！」

「ば、馬鹿な……」

つまり女型魔族は一当斎を利用しているつもりで、実は逆に利用されていたというわけだ。

『なんだか少し可哀そうになってきましたね』

『そうだな。もしかしたら今まで会ったことのある魔族の中で、一番残念な魔族かもしれん』

リントヴルムと一緒に同情してしまう。

「やめろおおおおっ！　人間の分際で、わらわをそんな憐憫に満ちた目で見るなああああっ!!」

なんにしても今はあの女型魔族より、一当斎の操るカラクリ巨兵の方だ。

「ハハハハハッ！　ここから見下ろせば、エドウの精鋭どもがまるでゴミのようだなぁ！　我のカラクリ技術が極まれば、いずれ戦いの主体はカラクリ兵になるだろう！　人間が必死に肉体を鍛えて戦う時代などお終いだ！」

まぁ前世の俺の時代では、魔導巨兵と言って、すでにこれによく似たものが使われていたけどな。

ただこのカラクリ巨兵、動力こそ魔力を利用しているようだが、魔法なしで似たようなものを実現してしまうとは驚きだ。

「どれ、貴様らに軽く見せてやろうではないか！　このカラクリ巨兵の圧倒的な力を！」

カラクリ巨兵が右手の大剣を振り上げると、思い切り目の前の空間を斬り裂いた。

ゴオオオオオオッ!!

それだけで猛烈な風が巻き起こる。前方にいたエドウの精鋭兵たちの身体が浮き上がり、何人かは後方へと吹き飛ばされていった。

「ハハハハッ！　まだまだこんなものではないぞ！」

今度は左手の銃器を構えるカラクリ巨兵。

次の瞬間、魔力の弾丸が放たれて海面に着弾、海が爆発し、こちらまで海水の雨が降り注いできた。

「あ、あんな巨大なカラクリと、一体どうやって戦えばいいんだ……？」

「やつの言う通り、もはや生身の人間に出る幕なんてないのではござらぬか……」

刀や槍を武器としている兵士たちは、唖然とした様子で立ち竦むのだった。

◇◇◇

「な、何なのぢゃ、あの巨大なカラクリは……」

魔導飛空艇に残っていた将軍・徳山家隆は、眼下に突如として出現した人型の巨大カラクリに驚愕していた。

「平賀研究所を追放されたという男が、力を貸しているのではないかと聞いてはおったが……まさか、こんな孤島であのようなものまで作っておったとは……」

愕然とする家隆。

平賀研究所ですら、まだこれほど巨大な人型兵器を作り出すことなどできないはずだ。

カラクリ巨兵が剣を振るうと、それだけで豪風が巻き起こる。さらに手にした銃器から放たれた魔力の弾丸は、海に着弾して海水の周囲一帯に塩辛い雨を降らせた。

「こ、こんな化け物と、一体どうやって生身の人間が戦うというのぢゃ……？　いくらあの西方の戦士たちが強くとも、さすがに手も足も出ぬはず……どんなに強い蟻も、象には勝てぬのと同様ぢゃ」

圧倒的な力を持つカラクリ巨兵を目の当たりにし、家隆は声を震わせる。

ちなみにレウスたちが討伐した八岐大蛇は、このカラクリ巨兵よりもずっと巨大だったのだが、どうやら絶望のあまりそのことを失念しているらしい。

と、そのときだった。

『魔力充塡ＯＫ。照準ＯＫ。――発射準備完了』

突然どこからともなくそんな音が響いてくる。

「なんぢゃ？　今の声は……」

『魔力砲、発射』

ドオオオオオオオオオオオオオオオオオンッ！！

「～～～～～～っ!?」

飛空艇から放たれたのは、極限まで魔力を圧縮することで威力を高めた魔力の砲弾だった。

◇　◇　◇

カラクリ巨兵を狙い、飛空艇から魔力砲が放たれる。

「こういうこともあろうかと思って、遠隔で操作できるようにしておいたんだ」

魔力砲が狙ったのは操縦席……のすぐ下、動力源として捕らわれている女型魔族だ。

もちろん硬い装甲に守られているのだが、限界まで凝縮させた魔力砲なら貫けるだろう。

「ちょっ、まっ、待つのだああああああああああっ!?」

絶叫して訴える女型魔族だが、一度放たれた魔力砲を止める方法などない。

軽々と装甲を貫いた魔力は、そのまま女型魔族を焼き尽くした。

「死んだ?」

「な、なんか最後まで残念なやつだったわね……」

ファナやアンジェが女型魔族に少し同情する中、愕然としたのは一当斎だ。

「ばばば、馬鹿なっ!?　動力が破壊されただと!?　一体何をされた!?　一瞬、空から何かが降ってきたように見えたがっ……」

魔導飛空艇はステルス状態で空に浮かんでいるので、彼からは突然、空から魔力のレーザーが降ってきたように見えただろう。

動力を失い、動作不能になったカラクリ巨兵など、もはやただの巨大なガラクタでしかない。

それでも一当斎は必死に操縦桿を動かしたり、あちこちのボタンを押したりしていたが、

「おじさんおじさん、動力がないのに動くわけないでしょ」

「～～～～っ⁉　き、貴様っ、どこから入ってきたあああっ⁉」

操縦席の中に突如として現れたかわいい赤子に、目を剝いて絶叫する一当斎。

「え？　そこの穴からだけど」

「装甲に穴が開いている⁉　い、い、一体いつ開けた⁉」

「おじさんが慌ててる間に、ちょっと魔法で削ってね。思ってたより薄かったよ？　今度からはもう少し分厚くして、簡単には侵入されないようにしないとね」

「この操縦席周りはミスリルで強化してあるのだぞ⁉　そう簡単に侵入できるはずがない！」

「ミスリル？　せめてアダマンタイトくらい使わないと。操縦席なんて一番の弱点なんだから。もっと言うと、外から場所が分からないようにした方がよかったね。もちろん動力の方もさ」

ご丁寧に外から丸見えの作りにしてくれていたので、狙いを定めるのが簡単だった。

まぁ見えなくても魔力を感知すれば場所はすぐ特定できるが。

「赤子の分際で、我にダメ出しをするなあああああっ！　あぎゃっ⁉」

激情に駆られて躍りかかってきた一当斎の腹を、リントヴルムでぶん殴って吹き飛ばす。

「ぐ、くそ……き、貴様は一体、何なのだ……？」

「ごく普通の赤ちゃんだよ」

「そんな赤子がいてたまるかああああああっ!!」

一当斎を確保!

さて、次は……と。


「わ、わらわは、諦めぬ……ここを、生き延びて……あの方の復活のときを待つ……あの方ならば、必ずまた復活されるはず……幸いカラクリ化させたこの身体は、永遠のときを生き続けることが可能だ……」

「まだ生きてたんだ。しぶといね」

「っ!?」

全壊した忍者の拠点から少し離れたところ。

鬱蒼と生い茂る草の中に身を隠すように横たわる、瀕死の女型魔族を発見した。

どうやら飛空艇の魔力砲を喰らっても生きていたらしい。

カラクリ化によって耐久性も強化されたのかもしれないが、なかなか頑丈だ。

「カラクリ巨兵の近くに死体が見当たらなかったからさ。魔力もすぐには感知できなくて、ちょっと捜しちゃったよ」

魔力を吸い取られたというのもあるだろうが、恐らく見つかるのを防ぐために意図的に魔力を抑え込んでもいたのだろう。

「強い魔族は自分の魔力を隠すこと自体できなかったりするけど、弱い魔族は隠蔽しないと生きていけないからね」

「貴様あああああっ！　どこまでわらわを愚弄すれば気が済むのだあああっ!?」

弱い自覚があるから魔力の隠蔽を習得したのだろうが、こうしてブチ切れるあたり、プライドだけは一人前らしい。

「そうだ。さっき君をカラクリ巨兵の動力源にしてるのを見てさ、なかなか面白い方法だなって思ったんだよね」

「っ？」

「僕の魔導飛空艇がさ、古い型なのもあって、あんまり燃費が良くないいんだよね。魔力を補充するのが大変なんだ」

魔石も使ってはいるが、俺自身が魔力を直接注入するのが一番手っ取り早い。

ただ、かなり魔力量が増えてきたとはいえ、まだ赤子の俺である。生憎と前世の頃には遠く及ばない。

「だから魔族を使う方法もあるなって思ってさ。莫大な魔力がある魔王の心臓を使う手もあるかもだけど、さすがに危険だし。カラクリ巨兵と違って、いったん電力に変換しなくていいから、エネルギー効率的には君で十分かなって」

「〜〜〜〜っ!?」

俺の意図を理解したらしく、絶句している女型魔族へ、俺はにっこり赤子スマイルで選択肢を提示した。

「このままここで殺されるのがいい？　それとも生きて動力源として活躍するのがいいかな？　ちゃんとご希望に添えるかどうか分からないけど、一応聞くだけ聞いておいてあげるよ」

エピローグ

オエド城に戻ってきた。

「無事にやつらの拠点を壊滅させることができた。それもこれもそなたらのお陰ぢゃ」

謁見の間で、俺たちは改めて将軍から謝意を示されていた。

今回は簾越しでもなければ高座に人形を置いているのでもなく、実際に本人が座っている。

懸案だった忍者集団が全滅したので、もはや隠す意味もないからな。

「この度のそなたらの働きには大いに感謝しておる。元はと言えば、あることの対価として依頼したものぢゃったが、その働きに応えてやはり改めて何か褒美を出さねばならぬぢゃろう。何か希望はあるかの？」

「僕はまたおっぱいがいい〜〜」

「ほほう、そんなものでよいというのなら、いくらでも飲むがよい」

「やったあああっ!!」

リントヴルムやアンジェがジト目で見てくるが、あの素晴らしい巨乳を堪能できるのなら痛くも痒くもない。

「無論、他の者たちには別の褒美を出すとしよう。何か希望はあるかの？」

将軍の問いに、脳筋のファナとアンジェはこの国の武芸の達人との手合わせを要求。後日、実際にその場が設けられることになった。

もっと温泉に入りたいと希望したリルには、エドウ各地にある温泉街の無料宿泊券が贈られた。

そしてカレンは当然のように金銭を願って――

「やったでござる！　ついに一千万が貯まったでござるよ！」

謁見の後、歓喜の声を響かせた。

すでにニコウへの護衛依頼で五百万を稼いでいた彼女だが、さらに今回の褒美として五百万をゲット。

魔物討伐で稼いだものも加えれば、軽く一千万を超えるお金を手にしたのだった。

「これでようやく支払えるでござる」

「ん、お疲れ」

しかし一千万圓をファナに差し出そうとしたところで、カレンは少し躊躇して、

「……うぅ、あのときこんな金額を設定していなければ、今頃は大金持ちでござったのに……」

一度大金を手にしたことで、改めて後悔が沸いてきたらしい。

「それは仕方ない」

「断腸の思いでござる……」

カレンは泣く泣く一千万圓をファナに渡した。

……エンバラではギャンブルで大勝ちしていたし、今やファナはめちゃくちゃ大金持ちかもしれない。

「まぁ、また頑張って稼げばいいと思うよ、カレンお姉ちゃん」

「そ、そうでござるな！　拙者、より一層、精進するでござる！」

涙を拭いて決意を新たにするカレンだった。

魔導飛空艇セノグランデ号は、左右二つの楕円体とそれらを繋ぐ接合部分で構成されている。

その接合部分には操舵室があるのだが、操舵室のすぐ下にはこの飛空艇の心臓部と言える機関室があった。

「うんうん、思ってた以上に動力源として優秀だね」

機関室の中心、新たに設置したこの飛空艇の動力に、俺は満足して頷いていた。

身体に幾つものコードを繋がれた状態で全身を拘束され、魔力の供給源と化しているのはもちろん女型魔族だ。

「～～～～っ！　～～～～っ！　～～～～っ！」

「ん？　何か言いたいことでもあるの？」

何やら目で必死に訴えてきていたので、その口を塞いでいた球状の猿轡を外してやる。

「人間の餓鬼めぇえええええっ！　わらわをこんな屈辱的な目に遭わせて、ただで済むと思うでないぞっ!?」

「いやいや、自分でこっちを選んだんでしょ？」

あのとき俺が提示した二つの選択肢。女型魔族は、死ぬよりも動力として生きることを自ら選んだのである。

「あんな理不尽な二択があるかあああああっ！」

「はいはいうるさいからちょっと黙ってて」

「むぐっ!?」

喚き散らす女型魔族の口に、再び猿轡を押し込んでやる。

「～～～っ！　～～～っ！　～～～っ！」

「これだけ動力が強ければ、この飛空艇にもうちょっと色んな機能を付けられそうだね。推進力も増やして、大山脈くらい簡単に越えていけるようにしよう」

俺はこの飛空艇に大改造を施すつもりだった。

エドウに来てから学んだカラクリ技術も組み込めば、前世の晩年に作った最高傑作の飛空艇を凌駕する性能を実現できるかもしれない。

「〰〰っ！　〰〰っ！　〰〰っ！（わらわが死よりこの屈辱を選んだのは、アザゼイル様のため！　必ずや貴様からあの方の心臓を奪い取り、復活させてみせる！　そのときが貴様の最期だあああああっ！）」

女型魔族はまだ何かを喚こうとしているが、放っておくとしよう。

「ついでにもっと飛空艇自体も大きくしようかな」

ちなみにセノグランデという名は、古い言語で「巨乳」を意味している。

より巨大な飛空艇に改造すれば、名前も「巨乳」から「爆乳」に変える必要があるかもしれない。

「爆乳号……つまり、セノトロッポグランデ号だな！」

『無駄に長くて呼びにくいです、マスター』

おまけ短編　スパルタ借金取り

「僕はちょっと一人で出かけてくるよ！」

「ん、どこに行く？」

「とりあえずは神社かな」

「神社？　お参り？」

「そんなところ！　まぁお姉ちゃんたちは自由にオエドの街で遊んでてよ！」

そう言い残して、レウスが宿を出ていった。生まれたばかりの赤子が単独で出かけるなどあり得ないことだが、ファナたちは普通に送り出す。

「あいつがお参りとか、違和感しかないんだけど」

アンジェは怪訝そうな顔で呟くものの、もはや深く追及する気はないらしい。

「まぁ、自由行動っていうなら……あたしはカラテ道場に行ってくるわね！」

カラテは東方独自の格闘技だ。

エドウには剣術道場に次いでこのカラテ道場が多いらしく、このオエドの街にも数多くの道場が存在しているという。

「手当たり次第に勝負を挑んで、あたしの力を見せつけてくるわ！」

そう告げて意気揚々と出発するアンジェ。

「我は温泉で十分だ」

リルは宿の温泉が気に入ったようで、ずっとそこで過ごすつもりらしい。

普通の人間だと逆上《のぼ》せて倒れてしまうだろうが、フェンリルである彼女は何時間でも浸かっていることができるようだ。

「拙者は食べてみたいものがあるでござるよ！　寿司にてんぷら、蕎麦に鰻……都会には美味しい食べ物がたくさんあると聞いているでござる！」

思わず口の端から涎を垂らしながら、オエドの流行りの食べ物を制覇してみたいと語るのはカレンだ。

そんな彼女に、ファナが言う。

「お金。一千万」

「……そ、そうでござる、拙者はお金を稼がねばならぬでござる」

ファナの圧を受けて、カレンは魔物討伐に行くことになった。

「一緒に行く」

「え、ファナ殿も来るでござるか？」

かなかった。

「ん。何か問題ある？」

「い、いや、ファナ殿が一緒なら百人力でござるよ！」

こっそりオエド料理を食べに行こうと思っていたカレンだったが、仕方なく同行を受け入れるしかなかった。

ひとまず妖怪退治奉行所に向かう二人。

その道中だった。

「おおっ、あれは関取でござるな！」

大柄な男たちが列をなして闊歩していたのだ。エドウの一般的な成人男性よりも頭一つ分ほど背が高く、横幅に至っては軽く倍以上あるだろう。

「咳とり？　……席取り？」

カレンの言葉の意味が分からず、ファナは首を傾げた。

しかし興奮した様子のカレンは、詳しい説明をする気はないらしく、

「やはり本場の関取は体格が違うでござるな！」

「あんなに大きい必要ある？」

「あるでござるよ！　大きければ大きいほど有利なのでござる！」

「なるほど？」

身体が大きいほど席も大きく確保できるという意味だろうかと、なんとなく納得するファナ。

「あの巨体と巨体が、合図とともに勢いよくぶつかるでござるよ！　凄い音がするそうでござる！」

「そんなに必死に？　何が目的で？」

相変わらず関取を席取りだと思っているファナは、謎の文化に困惑している。

「やはり勝負事でござるからな！　皆、白星を目指しているでござるよ！」

「しろぼし……？　どういう座席？　取り合う？」

「座席……？　ああ、そうでござる。大人気で、なかなか席を取れないそうでござるよ。だからいつも争奪戦になるそうでござる」

「……席取りが大人気で、席を取れない……どういうこと？」

「え？」

そんなすれ違う会話をしていると、やがて二人は妖怪退治奉行所に辿り着いた。

掲示されていた魔物の目撃情報を確認しながら、ファナが言った。

「これとこれとこれとこれ……あと、これを狙う」

「そんなにでござるか!?」

「ん、今日は」

「今日は!?　まさか、一日でこの魔物をすべて討伐する気でござるか!?」

「そう。たくさん稼げる」

「スパルタ過ぎるでござる……っ！」

カレンは思わず頭を抱えて叫ぶ。

働きに応じていちいち分配率を決めるのも面倒だということで、報酬は折半ということになった。

……最終的にファナが全取りすることにはなるのだが。

「けど、拙者たちだけで、どうやって魔物を見つけるでござるか？」

魔物の目撃情報はあっても、現時点での正確な場所までは分からない。見つけ出すだけでも一苦労だと、カレンは主張する。

「ん、方法はある。風の力を借りる」

「風でござるか？」

レウスの索敵やリルの嗅覚と比べれば性能は大きく落ちるが、ファナは風の流れを読むことで、魔物の位置などをある程度、探ることができるようになっていた。

最初に二人が狙ったのは、天狗という人型の魔物だ。

主に山の奥に生息しており、長い鼻と背中の翼が特徴的で、女子供を連れ去って喰らうことから人々に怖れられている。

「……あの崖の近くに何かいる」

何かを察知したようで、ファナが猛スピードで走り出す。カレンも慌てて後をついていった。

「ん、いた」

「本当でござる！」

二人が発見したのは、崖の中腹で居眠りしていた天狗だ。

「けど、あの位置では……」

「大丈夫、跳んで」

「え？」

言われるままに崖に向かって跳躍するカレン。するとファナの魔法で猛烈な上昇気流が発生し、寝ている天狗をあっさりと飛び越えた。

「？」

そこでようやく天狗が目を覚ましたが、もはや遅い。

「柳生心念流・滝落」

「～～～～～～ッ!?」

カレンの斬撃をまともに喰らい、天狗は絶命した。

それからも二人は目撃情報のあった場所へ移動しては、次々と魔物を討伐していった。

河童や鎌鼬、金長狸といった、東方特有の魔物が多いが、中には大鬼、西方ではオーガと呼ばれている魔物もいた。

「はぁはぁ……ファナ殿、これで五体目……今日は十分でござらぬか……？　そろそろ日も暮れてきたでござるし……」

「あと一体いける」

「……この西方人、サムライよりサムライかもしれぬでござる……」

最後のターゲットはぬりかべという魔物だった。

東方で独自進化を遂げたゴーレムの一種で、壁に手足が生えた奇妙な姿をしている。

主に灰色や茶色といった地味な色合いをしているのだが、二人が発見したのは黄金色に輝くぬりかべだった。

カレンが目を見開いて叫んだ。

「あ、あれはっ……ヒヒイロかべでござるっ！」

「ヒヒイロかべ？」

「ぬりかべの上位種で、あの壁の身体に、幻の金属とされるヒヒイロカネが含有されているのでござるよ！」

もしヒヒイロかべを討伐し、素材を持ち帰ることができれば、それだけで大金をゲットできるだろう。

「ん、倒す」

風を纏い、凄まじい速度で走り出すファナ。

だがその接近に気づいたヒヒイロかべは、
ダダダダダダダダダダダダダダッダダダダダダダダダ!!

ファナに勝るとも劣らない速さで逃走した。

いかにも重そうな壁が信じられない速度で疾走したので、さすがのファナも思わず「え？」という声を漏らす。

「見ての通り、ヒヒイロかべは高速移動できるでござる！」

普通のぬりかべがのっそりとしか動くことができないのとは大きく異なり、ヒヒイロかべは桁外れの敏捷力を持っているのだ。

それでもファナも負けていなかった。

風の後押しを受け、さらに加速する。ただ、どうにか距離を縮めることができても、そこから攻撃ができない。攻撃動作に入ろうとすると、再び引き離されてしまうのだ。

「挟み撃ちにする」

「了解でござる！」

そこでカレンが待機し、そこにファナが追い込むことになった。

ファナは上手くヒヒイロかべを誘導していく。

「っ……来たでござる！」

ついにヒヒイロかべが、カレンのいる場所へと突っ込んできた。

カレンは渾身の一撃をお見舞いしようと、極限まで精神を集中させ、

「柳生心念流・迅雷――ぶぎゃっ!?」

斬撃を放つ前にヒヒイロかべと正面衝突し、大きく吹き飛ばされてしまった。

「きゅう……」

カレンは目を回して気絶し、ヒヒイロかべはまんまと挟撃を突破。

「……逃げられた」

ファナは追跡を断念するしかなかった。

挟み撃ち作戦は失敗に終わり、二人はヒヒイロかべ討伐のチャンスを逃したのだった。

しばらくして目を覚ましたカレンは、盛大な土下座を披露した。

「間合いを見誤って、ヒヒイロかべに突っ込んでいってしまうなど、あり得ぬ失態でござる！　拙者が失敗さえしなければ、一千万は固かったというのに……っ！　もはや責任を取って、腹を斬るしかござらぬ！　いざ！」

そのまま流れるように腹を斬ろうとしたカレンだったが、その手から短刀を弾き飛ばし、ファナが断じる。

「死ぬのは逃げ」

「うっ？」

「ただの責任放棄」

「ぐっ……」

辛辣な指摘を受けて何も言い返すことができないカレンに、ファナは追い打ちをかけるように淡々と言いつける。

「生きて、稼いで、お金を払え」

「……は、はい」

「大丈夫。悔やんでる暇はない。今からもう一体」

「今からでござるか!?」

思わず絶叫するカレンに、ファナはきっぱりと告げるのだった。

「当然。倒せるまで……絶対に帰さない」

「ひいいいいいいいいいいいいっ!?」

あとがき

お久しぶりです。作者の九頭七尾です。

お陰様でシリーズの第五巻となりました。

気づけば一巻の刊行から早二年が経ちましたが、作中ではまだ半年ほどしか経過していません。

なにせ赤ちゃん主人公であるレウスを、そんなに早く成長させてしまうわけにはいきませんからね！（笑）

一応、完結までずっと0歳のままでいきたいと思っています。

……ところで、実は昨年、第一子が生まれまして。

このあとがきを書いている現在、ちょうど半年になる頃だったりするのですが――


生まれた直後と全然サイズが違うじゃん!!


たった半年で体重が二倍以上になるなんて知りませんでした。

てっきり0歳児なんて、だいたい同じようなサイズ感かと思ってたよ……。

イラスト上、レウスの大きさがほとんど変化してないのは完全に私のせいです（平身低頭）。

ちなみにうちの子はかなり大きめで、体重が余裕で三倍以上になりました。お陰で腰をやってしまいました……。

それにしても、まさか赤ちゃんを主人公（中身はジジイですが）とした作品を書いているときに赤ちゃんが産まれてくるとは……。最初にこの作品の連載をネットで始めたときには想像もしていませんでした。

なお、今のところうちの子は転生者ではなさそうです（安堵）。

それでは恒例の謝辞です。

今回もイラストをご担当いただいた鍋島テツヒロ様、またまた素敵なイラストの数々、本当にありがとうございます。

また、担当編集さんをはじめとするアース・スターノベル編集部の皆様、出版に当たってご尽力いただいた関係者の皆様、今回もお世話になりました。

そして最後になりましたが、本作をお読みいただいた読者の皆様にも、心からの感謝を。

ありがとうございました。

九頭七尾

EARTH STAR NOVEL
ハム男
HAMUO
ILLUST.
藻
MO
ヘルモード
HELLMODE
～やり込み好きのゲーマーは
廃設定の異世界で無双する～

EARTH STAR NOVEL
もふもふとむくむくと
異世界漂流生活
Shimaneko
しまねこ
Illust. れんた
犬の散歩中で事故にあい、気が付くとRPGっぽい異世界にいた元サラリーマンのケン。リスもどきの創造主に魔獣使いの能力を与えられ、「君が来てくれたおかげでこの世界は救われた」なんていきなり訳のわからない話に戸惑っていたら、「ご主人!ご主人!ご主人!」となぜか飼っていた犬のマックスと猫のニニが巨大になって迫ってきてるし、しかもしゃべってるし、一体どうしてこうなった!?ちょっぴり抜けている創造主や愉快な仲間たちとの異世界スローライフがはじまる!
シリーズ
好評発売中!
1巻
特集ページはこちら!

みんなと仲良くピクニック！
KEN
ああ、このもふもふでむくむくな
幸せパラダイス空間、
もう最高かよ…！
心ゆくまで
もふもふの海を堪能！

EARTH STAR NOVEL

生まれた直後に捨てられたけど、前世が大賢者だったので余裕で生きてます⑤

発行 ―――――――― 2024年5月15日　初版第1刷発行

著者 ―――――――― 九頭七尾

イラストレーター ―――― 鍋島テツヒロ

装丁デザイン ―――――― 山上陽一（ARTEN）

発行者 ―――――――― 幕内和博

編集 ―――――――― 結城智史

発行所 ―――――――― 株式会社アース・スター エンターテイメント
〒141-0021　東京都品川区上大崎3-1-1
目黒セントラルスクエア　7F
TEL：03-5561-7630
FAX：03-5561-7632

印刷・製本 ―――――― 中央精版印刷株式会社

ISBN 978-4-8030-1947-6